なりゆき悪女伝
縫妃は恋を繕わない

佐々木禎子

富士見L文庫

目次

前章

日に灼《や》けて先端が黄ばんだ草が、風に揺れていた。

広大な中原の東の果ての對《たい》の国――。

どこまでも平らな草原、土埃《つちぼこり》が舞うなかを、銅製の鎧兜《よろいかぶと》に身を包んだふたりの武人が馬を駆って相対している。

「苑国《えんこく》皇子」と「對国皇子」の親善の馬上試合であった。

平原にぽつんと天幕が張られ、その前に床几《しょうぎ》を広げ座っているのは對国の皇帝と后《きさき》である。彼らの隣に貴賓席がしつらえられているが、無人であった。座るべき苑国の皇子は馬上におり、空席の後ろに立っているのは皇子の従者たちだ。

大地に杭《くい》が打たれ、簡易の柵で武闘の場が区切られている。

柵のまわりにひしめきあって見上げているのは對国の民だ。

両国の代表者による馬上試合に興奮し、人びとは頬を紅潮させ、歓声をあげる。

「峰風《フォンフォン》皇子さま！　がんばって」

かけ声に反応し、對国の馬上の武人がちらりとそらちに視線を向け片手を掲げた。

――ごめん。私、皇子じゃないんだ。

という言葉は胸の内に留《とど》め、馬上の武人はしゃっきりと背筋をのばし、馬の手綱をぐっと引いた。

――私は女なのよ。末娘の夏雲《シャーイン》。

皇子のふりをして馬に乗っている彼女は――朱《シュ》夏雲。

今年、十六歳になったばかりの對国の皇女であった。

しかし顔の下半分を布で覆い、防具を身につけているせいで、ぱっと見、女性だとわからない。夏雲はもともと手足が長く、胸は薄く、年のわりには長身で、よくいえば凛々《りり》しいが、悪くいうと年若い女性にしては柔らかさのない顔つきをしている。

普通にしていても少年と見間違えられる彼女が、さらにあえて女性だとわかりづらい出《い》で立ちをしているのには理由があった。

彼女はひとつ年上の兄、峰風の身代わりをしているのである。

――峰風兄さまは、負けず嫌いで、親善試合であろうと手を抜かないのよ。すぐカッとなる質《たち》だし。

對国は馬の国。幼い時分から馬に乗り、身体《からだ》の一部といっていいくらい馬と馴染《なじ》み、馬から落ちるのをなにより恥とする。そして武力で周囲の国をなぎ倒して国境を守り続けた戦自慢の国である。

そのおかげなのか對国の現皇子たちは六人そろってやたらと強い。

しかも馬鹿正直で拳でしかものを語れない。

——なのにお相手の苑国の第一皇子の趙佩芳《チョウベイファン》といったら国の内外に知れ渡るくらい病弱で、剣術に向いてないって話じゃない？　うっかり叩《たた》きのめしたり、馬から落として怪《け》我《が》をさせたりしたら国際問題に発展する。

豊かな国土と資源をもとに外交と輸出入でのしあがった苑国と、せっかく、同盟を結ぶことができたのだ。

その親善の宴《うたげ》で事件を起こしてしまっては元も子もない。

——馬上試合といっても国交を結んだ親善の宴の余興ですもの。本気で打ち合わなきゃいいってだけなのに、うちの兄たちは全員が脳筋で!!

夏雲は顔を覆う布の下で、ぐっと歯を食いしばり、嘆息した。

夏雲が適任だろうと判断したのは父王であった。父は「夏雲は皇女だが、なに、武具をつけて顔の下半分を布で覆い隠したらひとつ上の峰風と背格好も同じだし、峰風に見える。おまえは峰風のふりをしろ。峰風は試合中は天幕のなかに隠れていろ。いいか。まかせたぞ」と夏雲の肩を叩いた。

まかせられてもと当惑しつつも引き受けたのは、父の言葉に六人の兄たち全員が真顔でうなずいていたせいだ。

兄たちはそれぞれに「そうだな。さっき、ちらっと見たけど苑国の皇子って、ひょろひょろしてて、つついたら泣きそうで怖かった」とか「花みたいに綺麗《きれい》だったし、あれは男とは思えなかった。槍《やり》を突きつけるとか、俺、無理だ」とか「その通り。夏雲より弱そうなんだ。弱い者いじめになるのはよくない。俺たちのなかで一番弱い奴が出るといい」「夏雲は弱いが優しくて俺たちより頭もいい。ここは夏雲がいくしかない」と同意していた。

頭がいいと思ったことはないが、夏雲はたしかに兄妹のなかでは一番剣術が下手だ。一番年下で、唯一の皇女だから、腕力も経験も足りないので。

しかし「弱い」以外の兄たちの言葉は意味がまったくわからず、夏雲は「また面倒なことだけこっちに押しつけてくるんだから。お兄ちゃんたちは」と、むっとしながら兄の防具を身につけて代理となった。

けれど――。

先ほどはじめて、馬に乗った苑国の第一皇子の姿を見て、夏雲は「仕方ないか」と納得した。

なぜなら佩芳が馬の首にすがるようにして平べったくなっていたからだ。

その様子は目も当てられない無様なものだ。それでもかろうじて片手で槍を持っていることを褒《ほ》め称《たた》えたい。あんな姿勢でも槍を持とうとしている、その心意気に喝采を送ろう。

おまけに、怖々とこちらを見返す彼の顔は蒼白《そうはく》で――兄たちが語った以上に美しかった。白い肌は陶器のごとく滑らかで、眉は弓なりで、その下の目は杏仁《きょうにん》の形で黒々と濡《ぬ》れている。とおった鼻筋に、唇は薄く整ってほんのりと赤い。

青い筒袖の衣装を着て、磨かれた銅の防具を身につけた佩芳は、武人の出で立ちをしていながらも花のごとく麗しい。

彼が手にした槍すらも美麗な装飾品に見えてしまう。

佩芳の槍の持ち手の端についた青い房飾りがふわふわと風に揺れている。槍にそんな房飾りなんて、と思う。武器にふさふさの房飾りは邪魔ではないのか。けれどそれが妙に愛らしく見え、ちょっとだけうらやましい。

――私が手にしたら槍は武器にしか見えないのに。

同じに武器を手にして防具に身を包んでいるのに、どうして佩芳は夏雲と違い弱々しく美しく見えるのか。これは房飾りの差なのか？

夏雲の槍は刃先は研がれぴかぴかしているが、飾りっけのない質素なものだ。筒袖の胡《こ》服《ふく》もすとんとしていて、兄の峰風のお古で、袖のところがすり切れている。今日は槍も服も鎧も兜もすべて峰風のものを借りている。

夏雲の私物はただひとつ、利き手の右の手首に巻いた華やかな柑子《こうじ》色の薄布だけだ。

ふと、そんな自分の佇《たたず》まいに気後れを覚えた。汗臭い格好で凛々しく馬の上で槍を構えている自分と、よろよろしながらも麗人として馬上にいる相手とを比べ「なんだかなあ」と思う。

──私だってさあ、可愛《かわい》かったり美しかったりするものは好きなのよ。でも似合わないんだよなあ。それに恥ずかしいし。

手首に巻いた柑子色の薄布の端には白い花と緑の葉の刺繍《ししゅう》を施している。夏雲自ら刺繍した。実は夏雲は、可愛いものが大好きで、ちまちまと花や果物、愛らしい小鳥などを刺繍するのが趣味だった。

ただしそれを兄たちに見つかると、過剰に「可愛いぞ。可愛い妹が可愛いものを作っているのはそれだけでとても可愛い」などと語彙力のない誉《ほ》め言葉を怒濤《どとう》の勢いで浴びせてくるのが嫌で、隠している。兄たちは夏雲を溺愛しているが、その可愛がり方は、正直なところとても面倒くさいものなのだ。

ぐるぐると脳内で思いを重ね、最終的に夏雲は、

「ま、仕方ないわね」

とひとりごちる。

夏雲が女にしては強すぎて、中性的な体形と見た目なのはもうどうしようもないことだし、苑国の第一皇子相手に「綺麗で弱々しくて、うらやましいな。それに比べて私は」といじけたところで意味もない。

試合開始の角笛の音が響いた。

旗が振られたのを見て、夏雲は馬と共に重心を前に移動する。人馬一体。夏雲の愛馬はいちいち腹を足で蹴ったりせずとも、上に乗る夏雲の身体の向きから、進行方向と悟って動いてくれる。

槍を構え並足で進むと、佩芳を乗せた馬が早足で駆けてきた。佩芳のために選ばれた馬は對国でも選《え》りすぐりの賢い馬で、上に乗るのが何者であろうとも的確に走り、動いて、

勝手に物事を進めてくれる。

——相手に花を持たせる形で武を譲りつつ、いい感じに引き分けに持ち込みたいのよね。

槍を掲げて走る夏雲は「うっかり勝たないように気をつけないと」と自分が優位だと信じて走り——。

そのすぐ後にうぬぼれを打ち砕かれ、呆然《ぼうぜん》とすることになる。

ふたりの戦いは「佩芳皇子の手加減により」五分五分の引き分けとなった。

それは佩芳と、男に扮《ふん》した夏雲の出会いの日。

いまから三年前の出来事であった。

1

苑国《えんこく》、先帝崩御の後——元号を改めての初光《ショコウ》元年の春の吉日。

孝帝の名を先代帝から授かり新たな皇帝の座に就いたのは第一皇子の佩芳《ベイファン》。

そして孝帝のもとに嫁いだのは正五品の位を持つ五名の才人である。

五名の妃嬪《ひひん》たちはそれぞれに四本の柱に帳《とばり》を巡らせ色とりどりの造花で飾られた肩で担ぐ厭惕車《ヨウテキシャ》に乗っている。

そのなかには對国《たいこく》から嫁いだ夏雲《シャーイン》の姿もあった。

厭惕車を担ぐ男たちも、列を組んで華々しく音楽を奏でる楽隊の面々も、鞠《まり》飾りのついた大帽をかぶり新皇帝の婚礼を寿《ことほ》ぐ笑顔である。夏雲と共に後宮に入る對国の宮女は、全員が淡い紅色の薄衣《うすぎぬ》の襦裙《じゅくん》と被帛《ひはく》を身にまとい、真珠の簪《かんざし》で髪を結い上げて、馬に乗って、夏雲の花嫁行列の前と後ろを守っている。

夏雲は覆われている帳の端を剣ダコのできた指でちらりと手繰り、どこまでも連なっている護衛たち儀仗たち楽団員たちのとにかく華やかな出《い》で立ちに目を瞬かせた。

「想像以上に派手だなあ」

夏雲の唇からぽろりと言葉が零《こぼ》れる。

街のすべてを高い塀で囲んだ城郭都市――洛京《らくけい》。

門をくぐり、宮城に入るまでの広い道を花嫁たちの行列が長く続いている。

まだ長兄の婚礼しか知らない夏雲は、婚礼の儀がはじまる前からずっと、ことあるごとに驚いていた。

まず即位と同時に五人の女性を後宮に召し抱えるということに、びっくりした。しかもどの妃嬪も全員が等しい立場の才人の役職を賜った。嫁いでから、皇帝陛下のおぼえがめでたくなるにつれ、地位が新しく与えられ出世していく仕組みなのだそうだ。

と、なると――最終的に皇后の地位にのぼりつめることを妃嬪たちは目指す。

妃嬪のなかでそれが一番えらい立場なので。

おかげで苑国の後宮の妃嬪たちは、剣を使わずの心理戦と美貌、その他、女の武器となるものをすべて使って、熾烈《しれつ》な戦いを繰り広げるらしい。

そこまでは「遠い国のよくわからない風習だ」でぼんやりと流して聞いていた夏雲だったが、その五名のなかのひとりに自分が名指しされ「ぜひ後宮の妃嬪になってくれ」と請われてしまったことで、いきなり苑国の皇帝の即位と婚礼が、他人事《ひとごと》ではなくなった。

申し出を聞いて、受諾して以来、夏雲はとにかくずっと驚いてばかりいる。

「婚礼行事目当てで、街に市が立って、人が溢《あふ》れてる。それにあわせて荷車が入って、屋台も乗り入れてきて、飲めや歌えやの大騒ぎ。お祝いだからって周辺からたくさんの人がきて、市場も賑《にぎ》わう。なんていう経済効果」

對国の王家の婚姻はこうじゃない。国民たちも祝福をしてくれるが、都市まるごと活性化させるほどの効果はない。身内で楽しく宴《うたげ》をして、それで終了だ。

国による違いについて物思っていたら——。

「……すげぇな。これは對国から来た花嫁さまか。どうりで女たちも馬に乗ってる。他の行列の宮女はみんな列の後ろを歩いているのに」

道ばたで誰かがあげた声が飛び込んできた。そんなことに「すげぇな」と言われるなんて思いもよらず、夏雲は目を瞬かせる。むしろ他の国は女は馬に乗らないというのか。

沿路に集う人びとも通り過ぎる車を見上げ、歯を見せて笑っている。吉事はなんにせよ人びとの気持ちを高揚させるものなのだ。

人びとの手から花が一枝、道に放たれた。春の良き日を祝うがごとき桃の花の小枝であった。

「よし。じゃあこっちもあのいさましい宮女に花だ」

「あたしは、このへんの三叶草《クローバー》の花をあげとこうかな。切り花は送れないけど、なんかしら花をあげたい」

道ばたの三叶草をむしって道にぽいっと放り投げる人がいた。

「だったらおいらも三叶草だ」

「蒲公英《たんぽぽ》にする」

次々と人びとがさまざまな野の花を厭惕車に向けてふわりと投げる。放られた花が地面に落ちると、車と並んで歩いている侍従たちが走り寄って、手に持つ籠に拾い上げる。

「花嫁の列が綺麗《きれい》だと思ったら、みんなが花を投げるって言っていたわよね」

夏雲がひとりごちる。

つまりこの花はすべて洛京の人びとからの祝いであり――同時に「どの花嫁行列が気にいったのか」の投票でもあった。

――用意した花籠が満杯にならない花嫁は、後宮に入った途端に笑いものになると脅された。

「俺はこの列はやめとくな。宮女が馬に乗るくらい勇ましいってことは、車のなかの花嫁さまは虎みたいに強い女かもしれねぇじゃないか。将軍になってもらうならいいけど、そんな皇后欲しくはねぇよ」

聞きたくないのに聞こえてしまった声に、夏雲は眉を顰《ひそ》める。

「だよな。そういや對国の皇女って男まさりで鬼みたいに強いって」

耳がいいのも困りものだと夏雲は慌てて帳を閉じる。人馬一体で草原を駆け、自然と向き合い、星空や太陽の位置で地理と時間を読んで暮らしているので、對国の人間は総じて視力も聴力も人並み以上。他国の人たちはそれを揶揄《やゆ》して對国は野蛮な鬼の国と称することがある。

しかしなにを言われても関係ないと、ここに来るまでは思っていた。

夏雲は自分たちの暮らしも、自分たちの国も大好きで――他と比べて劣ることなんてひとつとしてないと胸を張っていた。

「でも認めざるを得ない。国の豊かさは苑国のほうが、すごい。なんでもある」

赤と金の扁額《へんがく》が掲げられた店が軒を並べ、それだけでは事足りず、道沿いにずらりと屋台が立っていた。ありとあらゆるものが売られているなかで、特に夏雲の目を惹《ひ》いたのは切り花の店である。この花嫁行列に投じるためだけの花を売りにきた屋台。地面に植わっていたならまだしばらく咲かせてくれるのに、切られた花はあっというまに枯れてしまう。

これが豊かということかと、夏雲は車のなかで目を閉じる。それまでのばしていた身体《からだ》をくたりと背もたれに沿わせ「やっていけるかなあ、私」と弱気になった。

後宮での妃嬪争い以前に、この国の人たちに馴染《なじ》んでいけるだろうか。

「だいたい佩芳陛下は私の顔を見たこともないのよ。なのにどうして、私？」

脳筋しかいない對国から花嫁が欲しいと思うに至った理由がわからないままだ。自分しか皇女がいないので、必然として夏雲が嫁ぐことになったわけだが。

——私はあの方と「夏雲として」話したことは一度もないし、顔もまともに見せてないのよ。

三年前——夏雲が十六歳、佩芳が二十歳のとき——馬上試合の場に兄に変装をして出場し、馬上で槍《やり》をふるったのだけが、唯一のふたりの接点なのである。

万が一にでも、峰風《フォンフォン》のふりをして戦ったのが発覚してはならないと、夏雲は馬上試合の後の宴席は欠席した。父王は「娘の夏雲は流行《はや》り病の風邪をひいて寝こんでおりまして」で押し通し、夏雲は一切、顔を見せなかった。

——佩芳さまは、私のこと最後まで峰風兄さんだと思ってたのよね。

車に揺られ、かつての思い出を掘り起こし、夏雲はひとりで頬を赤くした。

彼を見たとき——そして彼と五分五分の試合をしたとき——さらにその後に佩芳から話しかけられたひと言、二言のやりとり。

どれも思い返すといつでも妙に甘酸っぱく、夏雲の胸の奥をうずうずとさせる。

馬上試合の後で兄や父に「佩芳さまのこと、どう思いましたか」と聞いたら、みんなが「曲芸師みたいだったな」「仙女みたいだったな」「剽《ひょう》げた様子なのに綺麗だったし、それはそれとしておまえは可愛《かわい》かったな」「そうだ。夏雲はとても可愛かった。いつのまにかあんなに槍も上手《うま》くなってて、育ったなあって泣きそうになった」「俺もそう思ってたよ。大兄。泣けたなあ」とわいわい騒ぎだした。

父は「なんであの皇子は弱いということになっているのか。強かったよなあ」と首を傾《かし》げ——そして母は「夏雲は、立派でしたよ。自慢の娘よ。でもね、そんなふうに難しい顔をしないで、笑ってちょうだい」と、夏雲を引き寄せて抱きしめ、頰をぷにぷにとつまんだのだ。

それにつられて兄たちが全員で夏雲の頰をぷにぷにしはじめたので「やめて」と怒って暴れて逃げた。

兄たちは全員が夏雲に対して「兄馬鹿」なのだ。可愛《かわ》いがってくれているのはわかっているが、夏雲が嫌がることしか、しでかさない。男兄弟って、もう本当に!!

——思い出さなくてもいいことまで、ずらずらと思い出してしまったわ。

どうしてみんなに「佩芳について」聞いたかというと——たぶん夏雲にとってはじめて

意識した異性だったからなのである。

これが初恋というものかと思っている。

思っているが——それを言うと兄や父が大騒ぎするので、抱いた柔らかな感情はずっと胸の奥に秘めたままだった。どうせ成就することはないし、淡い憧れとして記憶の奥底に押し込めるのに留《とど》めていた。たまにひとりきりのときに引っ張りだしてきて「佩芳さまはお元気かしら」とか「佩芳さまのあの槍の房飾りは、いまは何色になったのかしら」などと想像し、無駄に時間を費やしてどきどきしていた。

——もう二度と会うことはないんだろうなって。

それが——その佩芳と婚姻することになってしまった。

「人生、なにが起こるかわからないものね」

婚姻を聞かされたときは、嬉《うれ》しさ半分、けれど不安も半分だった。

——だって、私のこの気持ちだって、本物かどうかわかんない。遠くで憧れてるだけならなんとでもなるけど、国同士で婚姻ってなると、好きとか嫌いとかそんな簡単なもんじゃないんだろうし。

夏雲が佩芳について理解しているのは、佩芳がなぜか剣術が苦手だとまわりに思わせたがっていることと、顔が美しいという二点だけだ。

憧憬を抱くにはそれだけで充分だった。

そして、本当に生涯ずっと寄り添えるほど相手を好きになれるかどうかについては、これから知っていくのだ。

そのうえで——たとえ嫌いだと思っても絶対に離縁はできないのである。

——憧れていたままのほうがよかったみたいにならないといいなあ。

苑国に辿《たど》りついたいまの夏雲の気持ちは——嬉しさが三分の一、故郷を離れる寂しさが三分の一、後宮でやっていけるかの不安が三分の一だ。

一方で、やっていくしかないのだという決意は、心丸ごと全部。

考えごとをしていると、ゆらりゆらりと車が揺れて、その度に夏雲の頭を飾る歩揺がしゃらしゃらと小さな音を響かせた。

この日のためにと贅《ぜい》を尽くした装束を身にまとい、侍女たちに化粧をしてもらって厭惕車に乗り込んだのだけれど、はたして自分は美しく見えているだろうか。

可愛いものが好きで、刺繍《ししゅう》も好きで——こつこつと手芸を楽しんできたものの、兄たちに隠れてやってきたので自己流だし、はたしてこれでいいのかどうかがわからない。

上襦《じょうじゅ》は淡い柑子《こうじ》色に染めた絹で、小枝に宿る小鳥を織りだしている。襟と袖にあしらったのは華やかな川蟬《かわせみ》の羽の色の布だ。帯も同じに磨かれたような緑で、自らの手で可憐《かれん》な白い花を刺繍した。羽織る被帛《ひはく》は、羽化したての蟬《せみ》の羽の色に似た透き通るような乳白色。裙《くん》は深い緑と淡い橙《だいだい》の二色の布を交互に縫い合わせて、仕立てている。

どれもこれも夏雲が采配し、染め上げて、裁縫して、刺繍をし、ひとつひとつに意味を込めて作った。

——蜜柑《みかん》の花と、蜜柑の実の色。そして葉の色。

佩芳との出会いの日に夏雲が手首に巻いていた刺繍をした布と同じ色合わせ。

あの日のことを、佩芳はきっと覚えてなどいないのだろうけれど。

「でも、どれだけ着飾ったところで——私はしょせん私」

自分の出《い》で立ちを見下ろして、吐息を漏らす。

本当なら婚姻にふさわしい艶《あで》やかな赤や紫、あるいは春らしい桃色や桜色の衣装にしたい気持ちだけはあった。女性らしくふわふわとした麗しい装いに憧れはある。

が、夏雲の、陽光にさらされて褪《あ》せた色になった肌には柑子や緑が似合うのだ。

夏雲は女性にしては長身な見た目が災いし、身体にぴたりと沿うものを身につけると、少年が女装しているように見えてしまう。三年前に兄に扮《ふん》しても誰にも気づかれなかったし、いまだに夏雲が胡服《こふく》に簡単な防具をつけて馬に乗ると兄皇子の誰かと間違えられる。侍女たちですら、夏雲のことを兄の誰かと間違えて呼びとめてくる。悲しいくらい、とても、胸がお粗末なのだ。

――防具をつけるにはいい胸なのよ。全体にこう、すとーんとしていて、ひっかかりがないから。

夏雲の手は自然と自分の胸もとをさぐる。

しかし今日は、胸の下を触ると「ぱふっ」と、柔らかい丸みがある。そして、慎《つつ》ましく開いた胸もとには控えめながら谷間がある。

本日のこの谷間は、夏雲が胸にお手製の詰め物をすることで得たものだった。

――私自身のために作りあげた秘密兵器。肉饅頭《にくまんじゅう》・改二号檸檬《れもん》ちゃん。

ひとりで創意工夫に励み、こつこつと改良を加え、侍女にまかせることなく自力で作成した秘密兵器の位置を確認する。ときどきこの秘密兵器の詰め物は、ずれることがあるのだ。

「大丈夫だよね。少年には見えないよね」

胸の下をぐりぐりと触って位置を調整する。

欲張って詰め物をすると脱いだときとの格差がひどいので、まず自分自身の肉という肉を下腹から脇腹からなにもかもを胸帯の前面にかき集めた。そのために特殊な胸帯を作成し、かつ、檸檬の形で布を縫い合わせ、そこにふわふわの綿を詰め込んだものを胸の下側に添えた。そうすると胸の肉が、檸檬形の詰め物の分、持ち上がって、膨らみと胸の谷間ができあがるのだ。

「さりげなく、ちゃんと胸」

胸にさりげないとか、ちゃんとしているとかは関係ないとわかっているが、頭でわかっているのと、心でわかるのとは別なのだ。夏雲はするっとした痩せ型の体形で、しなやかな筋肉はついているが、柔らかな脂肪が不足している。そしてそれが残念なのだ。ひとからどう見えようとも関係ない。自分自身にとって残念なのであった。

——私は、私の好きな美しい衣装が似合わない。

せっかくの婚礼衣装なら着てみたい色も柄もあったのだ。布の織り地も刺繍も、自分じゃない花嫁にだったらもっと素晴らしいものを作ることができた。

——麗糸《レース》を袖や襟につけたら可愛いだろうな。私には似合わないけど。

麗糸とは、細い糸を特殊な編み針で透かし模様に編み上げたものである。

對国は武人たちばかりゆえ武器の造形にもこだわりがあり、そのせいでよくわからないものがたまに生み出される。たとえば夏雲がいま愛用している「かぎ針」は、最初は小刀の亜種として開発された。武器としては、誰もうまく使いこなせないままだったが、夏雲はふと思いたち、その針で、細い糸を編んだ。

海の泡のように儚《はかな》くも繊細な見た目のそれを「麗糸」と名づけたのは母である。

その麗糸を、襟元や裾にあしらって波打たせたらさぞや愛らしいだろう。

あるいは紫の天鵞絨《びろうど》に金糸で宝玉を縫い止めた豪華なものにしても素敵だ。

婚礼衣装について考えているとき、夏雲はとてもうきうきとしたし、次々と作りたい衣装が頭のなかに浮んできた。

布の染めからこだわって染料や顔料を取り寄せて、とりどりの布地と糸を用意した。

けれど冷静に我が身を振り返ると、夏雲に似合うのはこの色であり、この布であり、飾りけのない襦裙《じゅくん》なのである。すっきりとして颯爽《さっそう》として凜々《りり》しいのが自分の美点だ。それを生かせる形と色を選んでいくと、こうなった。

唯一、花嫁衣装で「自分なりに遊べる」としたら、胸に入れる詰め物の形を変えてみるだけ。

「どう評価されるかは婚礼の儀の場にならないとわからないけど、いまのところ私は自分にできる最大限の努力をした」

夏雲は白い被帛の端をぎゅっと小さく握りしめる。

對国の国土を背負って後宮に輿入《こしい》れし、皇后になるのは無理としても、そこそこいい感じにみんなと友好を深めていきたいというのが当面の夏雲の目標であった。

朱色に金の鋲《びょう》を打った大門からゆっくりと列を進めて一刻半――。

車を降りた花嫁たちは大慶殿《だいけいでん》の大広間に集っていた。

夏雲以外の四名の花嫁たちはそれぞれに、牡丹《ぼたん》の化身と見まごうがごとく非のうちどころのない美女と、小柄なのに豊かな胸もととくびれた腰がやけに色っぽい愛らしい美女と、黒目がちな目が小動物に似たどこかあどけない美女と、百合《ゆり》のように凛《りん》として立つ清楚《せいそ》だが香りも高くかつ少しだけ毒もありそうな美女だった。

牡丹の化身は苑国の右宰相、陳《チン》家の娘――万姫《ワンチェン》。

小柄ながらに妖艶な肢体の持ち主の女性は苑国の左宰相、李《リ》家の娘の麗霞《リーシャ》。

苑国の宰相は右と左に地位の差はないとされていて、そのときどきの皇帝の気持ち次第で天秤《てんびん》がどちらかに傾くらしく――つまり宰相の娘たちはふたりとも「皇后になって陛下の寵愛《ちょうあい》を受け、家を盛り上げよ」と指示されて送り出されているはずだ。

万姫も麗霞も、ばりばりにやる気のようで、まわりと己を見比べる目はやけに爛々《らんらん》と輝いている。みなぎる闘志が目を黒々と光らせて美女度がさらに割り増しになっている。

一方、幼さがある愛らしい少女は、少し怯《ひる》んだ顔になり、うつむいていた。彼女は魅音《ミオン》。

この可憐さで、苑国の大将軍、柴《しば》家の娘なのであった。武に強い一族はみんな「つるぺったんで少年顔」かと思ったのに、愛くるしく育つこともあるらしい。うらやましい話である。

凜とした百合に似た美女は巧玲《チャオリン》。彼女は苑国と親好の深い隣国、奏国《そうこく》の皇女である。對国から嫁いできた夏雲と同じで、互いの国の親好を深めるために後宮に入ることになった。花嫁ではあるが、親善大使としての役割を担っているといっていいだろう。

夏雲もそうなのだが、歴史的に、他国から来た花嫁は、自国に有利になるように後宮内で動こうとするし――そう動くであろうと苑国からも見られるしで――後宮に入ることはあっても立后に至るのは珍しいようである。逆にいうと、皇后争いの主流からはずれるので、夏雲が一番友好的につきあえるのは、おそらく巧玲だ。

妃嬪《ひひん》たちの後ろにずらりと並んでいるのは花でいっぱいになった籠である。

とりどりの花が盛られた籠は美しく、広間にはかぐわしい香りが満ちている。

――わかりやすくて、残酷ね。

他の四名の妃嬪たちの籠と比べ、夏雲の後ろに置かれた籠の数はあきらかに少なかった。かつ、他の妃嬪たちの籠の花は、水仙に、桜、桃の花に牡丹といった華やかなものばかり。なのに夏雲の籠は野の花が多い。

「見てごらんなさい。あの籠は野の花だらけよ。彼女の与えられる宮は〝野草宮〟ね」

誰かがそう言った。声のしたほうに顔を向けるが、みんなつんとして目をそらす。

——もう争いがはじまっているってこと？

妃嬪たち全員が己の籠と夏雲の背後の籠とを値踏みするように見比べ、優越感に浸った笑みを浮べている。

夏雲はというと——こそこそとささやかれた言葉にむっとしたぶん、無表情になった。

我が身に対しては冷静に「並みか、それ以下」と判断している。

しかし、この花は、宮女たちに対しての賞賛の証《あかし》。夏雲相手じゃない。

なぜなら花嫁行列で、妃嬪たちはみんな車のなかにいたので、顔も姿も外から見ることはできないから。人びとが目にしたのは、花嫁行列に連なる夏雲の宮女と馬と車の飾りつけのはず。

だとしたら——悔しい。

——うちの宮女はみんな魅力的だし、うちの国の馬は最高なのよ。もっと花を集めていいはず。みんな見る目がないわよ。

顎にぎゅっと力が入り、眉がつり上がったのが自分でもわかった。奥歯をかみ締め、拳を握りしめる。

やっていけるかしらと車のなかで不安に思っていたのとは裏腹に、実際に妃嬪たちがいる場に立って花籠を見ると「やる気」が勝手に湧いてきた。武の国、對の皇女で兄たちに鍛えられた末っ子。どんな形であれ戦闘が設定されると気持ちが盛り上がる性《さが》なのかもしれない。

己は仕方ないとして――自分の宮女たちと馬は認められたい。明日から宮女たちみんなに手製の美しい刺繡《ししゅう》を施した衣装を渡し、きらっきらにしてやると心に決めた。あと愛馬たちはみんな毎日、毛並みを整えて、つやっつやにする。

と――。

鳳凰《ほうおう》を彫り込んだ大きな扉が開かれた。

「陛下が入室なされます」

という声と共に佩芳帝が姿を現す。

長身の宦官《かんがん》を伴い、孝帝佩芳がつかつかと進み玉座に座った。宦官は苑国後宮につとめる、性を拭った者のこと。ひと目で宦官だとわかる長袍《ちょうほう》に帯を締め、長く編んだ髪を後ろに垂らした弁髪に刺繡を施した帽子をかぶっている。

夏雲は反射的にさっと袖を払い、きびきびとその場に跪《ひざまず》く。

夏雲は武に長《た》けているぶん、身のこなしが敏捷《びんしょう》で、跪くのも、礼をするのも素早すぎた。ひとりだけさっさと姿勢が低くおさまってしまい、夏雲に遅れて次々と他の妃嬪たちが跪拝《きはい》する。

とはいえさすがに妃嬪として集められた女性たちは、ゆっくりとしているというだけで、所作のひとつひとつが美しく、衣擦《きぬず》れや歩揺や装飾品が奏でる音ですら、心地よい。

婚姻の儀はここで皇帝に妃嬪たちが顔を見せることで終わるのだ。皇帝が、集った花嫁たちのなかで一番見た目の気に入った妃嬪に声をかけ、その夜の伽《とぎ》を命じるのだと聞いている。選ばれなかった妃嬪たちは、与えられた宮に、宮女や従者たちを伴って下がっていくということになる。

——まあ、いきなり私が選ばれることはないでしょう。

夏雲は、ちらちらとまわりの妃嬪たちの様子を窺《うかが》い、そう結論づける。

来る前から自分が容姿で抜きん出ることはないだろうと思っていたから、特に気落ちはしない。むしろ初日に選ばれない自信があったので「肉饅頭・改二号の檸檬ちゃん」を胸に詰めてきた。詰め物は、脱がなければ、ばれない。

「顔を上げよ」

佩芳の艶のある低い声に妃嬪たちが、ゆっくりと顔を上げた。今度は夏雲も気をつけて、時間をかけて頭を上げた。

玉座に座っているのは、神仙が技巧を尽くして造形したのであろう美貌の持ち主だった。

――顔が、いい。

他の言葉が出てこない。

馬の上にへっぴり腰で乗っているのではなく、玉座に座っているという要素のせいか、記憶にある佩芳よりさらに美貌度が増していた。

――どうしよう。とてつもなく顔がいい。

つるっとした肌は白く、きめ細かい。涼しげな切れ長の目は、朝露に濡《ぬ》れた笹《ささ》の葉のよう。たおやかでありながら、うかつに触れると葉の先端で指を切られてしまいそうな危うさを秘めている。長い漆黒の髪の一部を束ねて後ろに流し、冠の前後に玉飾りを垂らした冕冠《べんかん》を頭に据えている。冕服《べんぷく》の上衣は鮮やかな赤に金糸で龍の刺繍が施され、帯は黒絹で紅玉の石をはめた佩飾《はいしょく》も見事なものだ。

とにかくすべてが完璧だった。

――佩芳さまは、相変わらずお美しい。変わらないどころか、美貌度が増している。

この美貌は目の保養だと夏雲は思う。

「そなたたちは本日より苑国孝帝佩芳の妻となる。それぞれに朕が望み、請うた、妻たちである。朕は苑国の民にとって良き国主であるべく務めを果たし、そなたたちにとっては良き夫たるべく平等に情愛を与えよう。そなたたちも苑国の民の模範となるべく、謹んで妃嬪としての務めを果たして欲しい」

佩芳は見た目だけじゃなく声もよかった。おかげで、目だけじゃなく耳も癒やされる。並ぶ妃嬪たちからはいい匂いがしてくるし、並んでいる妃嬪たちも夏雲以外は美しいしで、この場にいるだけで神仙境に迷い込んだかのような心地で寿命がのびそうだ。どうせ「自分」は今日は「参加してるだけ」で、競おうと思っていなかったしと、夏雲は暢気《のんき》なものだった。

明日から宮女たちと馬たちは、きらきらにしてみせるけれども。

しかし――。

「はい」

夏雲以外の妃嬪たちの声が揃《そろ》い、殊勝に傅《かしず》いたので、夏雲は慌てる。

先刻の跪拝とは違い、今度はまわりに出遅れてしまった。

佩芳が夏雲を見つめ首を傾《かし》げて、

「夏雲の声が聞こえぬ。異を唱えるか？」

と微笑《ほほえ》んだ。

これはなにか弁明をしなくてはならない。なにを言ったらと瞬きし、夏雲は胸の前で両手を組み合わせ一気に告げた。

「申し訳ございません。気圧《けお》されておりました」

佩芳の声よりもっと大きく響き渡る声だった。気圧されている者の出す声ではなかった。

夏雲は、うるさい兄たちに揉《も》まれてきたせいで、地声までも鍛えられている。大声で怒鳴ろうとしたわけではないのにと慌てたが、どうやらこの広間は音がよく響くようにしつらえられた場であるらしい。

「気圧される？　なにに？」

不思議そうに問われ、即答で「陛下と妃嬪のみなさまの美貌にでございます」と今度は加減をして小声で言った。小さな声を意識しすぎて、みんなが身を乗りださないと聞こえないようなささやきになった。

――まずい。

夏雲の頭から血の気が引いた。初日から想定外の失敗をしでかしている。

ここは深呼吸をし、胸を張って、乗り切ろう。三回目になれば「ちょうどいい」声が出る。

「陛下に申し上げます。みなさまの美貌に気圧されました。至らぬ身ではございますが、苑国陛下と民びとの模範となるべく謹んで才人の務めを果たしたく思います」

噛《か》みしめるようにそう言ってあらためて跪拝する。

「……頭を上げよ」

佩芳の深い声が降ってくる。

「はい」

佩芳はひとわたり妃嬪《ひひん》たちを見渡すと、傍らに侍《はべ》る青の長袍を身につけた宦官に耳打ちをしてから夏雲に顔を向けた。

「そなたの気持ちは伝わった。ならば、今宵《こよい》、そなたが私の加護を得るがいい。伽はそなたに申しつける」

「は？」

「他の妃嬪は一度の跪拝。しかしそなたは、朕の興味を惹《ひ》きつけて、二度の跪拝と共に才人としての務めを果たしたいと告げた。武に強い對国の女はさすが初手からまわりを威嚇することに長けている。策士だな」

佩芳の言葉を聞き、他の妃嬪たちの表情が強《こわ》ばった。もちろん夏雲の頬も引きつった。

夏雲はそんなつもりで言ったんじゃない。

佩芳は玉座から立ち上がった。どうするのだと身構えていたら、金糸の刺繍を施された深紅の靴が床をこつこつと鳴らし近づいてきた。

「朕の手を取りなさい。朕は、強い女が好きだ」

差しだされた手をおずおずと見つめると、佩芳がかがみ込んで夏雲の手を取った。優しく、優雅な所作で夏雲を引き上げ、手を握りしめて歩きだす。宦官たちが先回りをし扉を開けると、龍の絵が描きだされた長い廊下が目の前に続いている。

「拝謁の儀を終え、陛下は退室なされます」

宦官のひとりの発した声を合図に、夏雲以外の妃嬪たちがふうっと息を吐いたのが伝わった。

横並びで跪いたままの妃嬪たちの顔を見ることもできず、夏雲は佩芳に引きずられて部屋を出たのであった。

ふたりは寝所に向かう長い廊下を歩いている。

夏雲の心臓はとくとくとおかしなくらいに波打っていた。天井にも壁にも龍が描かれた廊下は、どこまでもどこまでも続くかと思えた。

佩芳のかぶる冕冠の玉飾りがしゃらしゃらと音をさせている。

つながれた手はひやりと冷たくて、人と手をつないでいるのではなく、神仙に導かれているような心地になった。

宦官たちは遠慮がちに佩芳と夏雲から距離をとっている。

目の前にあるのは袞服に包まれた広い背中だ。遠目では華奢《きゃしゃ》に見えても、近づくとすらりと背が高く、肩も腕も背中も――どれをとっても男性の身体《からだ》つき。夏雲の兄たちのようなたくましさはないけれど、細身ながらに鍛えられているのが見てとれた。

「あの、陛下。私は、本当に、みなさまの美しさに気圧されて声が出なかっただけなのです」

「あなたは、そういうところが巧みだね。男としては〝あなたも充分に美しいよ〟と言うしかないではないか。あなたは可憐《かれん》で美しいから、私もあなたに気圧されて、見惚《みと》れてしまったよ」

先刻とは違い、声が少し柔らかい。また、くだけた物言いである。

言われたことがない言葉の羅列に夏雲は目を瞬かせる。夏雲が聞いたことのない類《たぐい》の歯の浮くようなことを佩芳に言われ、狼狽《うろた》えて、もたつくしかない。

これはどう返すのが正解なのか。言葉をそのまま跳ね返せばいいのだろうか。

「陛下のように可憐で美しい方にそんなふうに褒めていただくと返す言葉がございません」

考えてから、平坦《へいたん》な声でそう告げてみた。

「……可憐で美しい？　私が？」

「はい」

ぶんぶんと首を縦に振る。

佩芳の肩が小刻みに揺れる。なんだろうと見ると、どうやら笑っているようである。

――うわ。間違った？

そうか。皇帝陛下に「可憐」はないか。美しいはまだいいとして。

びくっと身体をすくませると、佩芳が肩越しに振り返り「そんな難しい顔で私の容姿を褒めるとは、どう受け取っていいのかな」と柔らかい笑みを見せた。

神々しいくらいに綺麗《きれい》で、人間じゃないみたいな笑い方だった。

「間違えましたっ。ごめんなさい」

咄嗟《とっさ》に謝罪した。謝罪するようなことではなかったが。

「間違えたの？　では私は可憐でも美しくもない？」

「いや、そんなことはない……です」

「じゃあいま言ったのは、心にもない嘘《うそ》や世辞？」

――なんでそんなことになる？

夏雲は、動揺すればするだけ声が低くなる。驚いたり、困ったりすると、眉間にしわが寄り、頬が強ばった真顔になっていく。これは兄たちに揉まれ続けた結果である。兄たちは一番年下で唯一の女の子である夏雲をなにかといえばからかったし、かまいたがった。わざと虫を見せて悲鳴をあげさせようとしたり、悪戯《いたずら》を仕掛けてきたりがくり返されているうちに、夏雲は、あらゆることに関して真顔で切り抜ける技を身につけたのである。おもしろい反応を見せてしまうと、兄たちが次々といろんなことを仕掛けてきてうっとうしいので。

我ながら声が低すぎたし、怒ってでもいるようだと自覚はしているのだが、もう身についたものなのでどうしようもなかった。

「まあ、いい。どちらでもかまわない。あなたが嘘と追従を重ねようと、どうでも。なんなら、本当のことなどなにひとつ言わなくていいんだよ。好きにしなさい。あなたのなかにある真実は私が決める」

佩芳は笑みを深めてそう続けた。

よくわからないことを言っている。夏雲のなかにある真実を彼は見分けて、掬《すく》いとってくれるのだろうか。この場合の夏雲の真実ってなんなのだろう。

「真実っていったい」

口ごもったら、佩芳は前を向いた。

「たとえば、今日のあなたは武人のごとく凛《りん》としていて、策を弄していながら、それでもとても愛らしい。柑子《こうじ》色とその艶《つや》めいた緑の取り合わせはあなたにとても似合っているよ。そんなに不機嫌そうにしていても、それでもあなたは今日、私のために着飾ってくれた。それが、私にとって、あなたの真実だ。あの場にいた花嫁たちは全員が美しかったが、私が共に寝たいと思ったのはあなただ」

言われた言葉が頭のなかに染みこむまで少し時間がかかった。さらに心に落ちてくるにはもっとかかった。なのに理解してから頬が火照るまでの時間は短くて、あっというまに耳まで熱くなった。

なにかを言わなくてはと思ったのに、なにひとつ口から出てこない。

嬉《うれ》しいと思ったのは事実だ。

が、照れてうつむいた自分の目に見えたのは「寄せて集めた」仮の胸の谷間であった。

——待って。これ、脱いだら檸檬《れもん》ちゃんがころげ落ちてしまうじゃないの。

そしてつるぺったんな慎《つつ》ましやかな自分の胸という、まごう事なき真実が佩芳の目の前で露《あら》わになってしまう。

だから夏雲は佩芳の手をほどき、足に力を入れ押し留まった。

「……でしたら私は今宵、陛下の寝室に伺うことはできません。私は嘘をついています」

襦裙《じゅくん》を脱げば、肉饅頭《にくまんじゅう》・改二号の檸檬ちゃんの真実が見破られる。そして衣装の下から出てくるのは、自前のつるぺったん。こんなことになるのなら変な見栄《みえ》を張らずに、素のままの真っ平らな自分で嫁げばよかったとおかしな後悔をすることになる。

「嘘、とは」

佩芳は怪訝《けげん》な顔をして立ち止まり、再び振り返る。宦官《かんがん》たちはふたりが歩みを止めたので様子を窺い拱手《きょうしゅ》の姿勢で固まっている。

「嘘は、嘘です。陛下との侍寝は妃嬪にとって栄誉であることは存じております。ですが私は今宵どうしても陛下に見破られたくないことがあるのです。それを許してくださいますか」

他の言い方ができなかった。だって宦官たちが聞いているのに「胸を寄せてあげて盛ってきました。脱いだらぺったんなんです。すみません」と言うのは——恥ずかしい。

「……どんな嘘をついたかをこの場で朕に見抜けと、そなたはそう言うのか。許すと言っても、許さぬと言っても、どちらでも朕はそなたの手のひらのうえ、と？　婚姻初日の夜《よ》伽《とぎ》から、澄ました顔で朕を試そうとする」

佩芳の口元がきゅっと上がった。

皮肉っぽい彼の言葉に宦官たちが互いの顔色を窺《うかが》い縮こまった。

さっと近づいてきたのは大慶殿の広間で佩芳のすぐ隣に侍っていた宦官だった。

「陛下、この者を冷宮送りにいたしましょうか」

小声だったがすぐ近くにいる夏雲の耳には大きく響いた。

冷宮とは罪を犯した妃嬪や女官たちが送られる後宮の牢獄《ろうごく》。胸に詰め物をした罪で冷宮送りは、さすがに避けたい。青ざめるが、困ったことに夏雲はすべての動揺が表情に出てこないのである。すんっと澄ました顔つきで、背筋をのばし、佩芳を見返してしまう。

けれど佩芳は破顔した。

「いや。いい。許す。おもしろいではないか。誰もが朕の寵愛《ちょうあい》を得ようとするなかで、この廊下で朕の手を振り払う。たいした女だ。さすが武人の国、對の皇女。夏雲のその気骨、褒めてつかわす」

「はっ」

褒められたから拱手した。褒めどころははっきりいって嬉しくない部分だったが「そんなつもりではなかった」と言い返せる場面ではない。じゃあどんなつもりなのだと聞かれたら「つるぺったん」を告げるしかないので。

「ただし、おもしろく思えるのは今回だけだ。二度目はないぞ」

「はっ」

かしこまる夏雲に佩芳は軽くうなずき、背を向けた。

夏雲は「どうしてこんなことになってしまったのか。つるぺったんだからだ。つるぺったんだからだ!!」と謎の悔やみを脳内で何度も唱えてその姿を見送った。

去っていった佩芳はもう夏雲を振り返らなかった。

2

夏雲《シャーイン》が佩芳帝《ベイファン》より賜ったのは襲芳宮《しゅうほうきゅう》。

佩芳帝の寝室がある乾清宮《けんせいきゅう》から遠く、西六宮《せいろくきゅう》のはずれである。

夏雲が夜伽を断って、三日経《た》っていた。

その後、夏雲が佩芳に呼ばれることはなかった。そりゃあそうだろうと夏雲も思ったし、宮女たちもみんな納得していた。結婚の儀式の初日の誘いを廊下ではねのけた夏雲に、二度目の誘いがあるとは思えなかった。

そして夏雲も宮女たちも「それくらいがちょうどいい」と素直に現状を受け入れている。だってみんなは苑国《えんこく》のことがよくわからない。互いの国のあいだに結ばれた信頼と国交が維持できればそれでいいよねくらいの、ふわっとした雰囲気を全員が共有している。みんながいま抱いているのは、いきなり冷宮に送られなくてよかったという安堵《あんど》だ。

──次に呼ばれるときは、お手製肉饅頭を胸に詰めてないときがいい。

しかし、はたして、次があるのか。つるぺったんなときの夏雲が佩芳帝の目を惹《ひ》くことができるだろうか。

どちらにしろそれはまだまだ先のことだろうと夏雲は思う。

青みがかった小青瓦《がわら》を葺《ふ》いた屋根に石と漆喰《しっくい》の壁の宮は、中庭を中心に置いた大きな家屋であった。庭を回廊が取り囲み、窓はどれも縁起ものの魚の鱗《うろこ》や牡丹《ぼたん》や梅の花の形の枠を象《かたど》った漏窓《ろうそう》で、日が差し込むと廊下の床に鱗や花の形の影が映り込む。

「建物に至るまで苑国はおしゃれだね」

踏んでしまうのがもったいないような窓の影をつま先で避け、飛び越しながら夏雲が言う。

胸もとに抱えているのは嫁いだ日に贈られた花のはいった籠であった。

籠の花はもらったその日のうちに馬が消化できるものとそうじゃないものをより分けて、

馬が食べないものは切り花として部屋に飾り、食べられるものは馬たちに食べさせた。

馬たちは喜んで食べてくれたが、まれに、鮮度のいい野草を一気に食べさせるとお腹《なか》を壊すことがある。なので、残ったぶんは干しておき、毎日少しずつおやつとして渡している。

建物は美しいけれど、中庭は、植えられた樹木は野放図に枝をのばし、雑草がはびこっていて、なんともうらぶれた雰囲気が漂っていた。片隅に据えられた石造りの円卓と椅子も、すすけた色で、座ってみるのがためらわれるような見た目であった。

「おしゃれかもしれないですが、うちの宮は軒先に蜘蛛《くも》の巣《す》があるし、庭は雑草だらけですよ」

夏雲のすぐ後ろを歩く宮女の小鈴《シャオリン》がそう返す。小鈴もまた花籠を抱え、その上には、草を刈るための小さな鎌が載っている。

くるんとした丸い目に、ちょっと低めの鼻。わずかに捲《めく》れた感じの厚めの唇。小鈴は、整っているとは言いがたいが、愛嬌《あいきょう》がありひと目を惹く容姿の持ち主だ。

「蜘蛛の巣ははらえばいいし、雑草もむしればいいし、庭木も剪定《せんてい》すれば美しくなる。でも……厩舎《きゅうしゃ》が外にあるのはねぇ」

夏雲はそう応じた。

「……それですよね。まさか与えられた宮の敷地《しきち》のなかに厩舎がないなんて思いもよらなかったですよね」

小鈴が肩を落とす。

「本当にね。馬に乗ろうとすると後宮専用の馬場にいかないといけないのも、つらい。そのへんを好きに走れないなんて信じられない」

ふたりはそう言って顔を見合わせた。

小鈴は夏雲と共に對国《たいこく》から後宮に来た宮女であった。對国で生まれ育った人間はみんな馬が大好きなのだ。国では毎朝、馬の様子を見て、話しかけて、そのついでに上に乗ってひとっ走りというのが日課だった。馬の顔を一日最低一回見ておかないと、そわそわしてしまう。

歩いていくと、回廊の向こうから宦官の猪児《ちょじ》が小走りで駆けてくるのが見えた。

猪児は、今年十四歳になったばかりで、夏雲より年下だ。が、背丈が夏雲と同じくらいでひょろ長く、目つきも顎も鼻先もどこをとっても鋭い。与える印象がやけに薄暗く、普通にしていて「睨《にら》まれている」と他人に錯覚させる顔をしている。

けれど仕えてくれている猪児を観察し、夏雲と宮女たちは猪児が目つきが悪いだけの働き者だということを知った。

ついでに夏雲は、猪児が宦官のあいだで疎まれているのだと気づいてしまった。とてもよく働いて、あちこち走りまわっているのは、年長の宦官たちにこき使われているせいだ。やらなくてもいいことまで、やらされている。

「夏雲娘娘《ニャンニャン》。皇太后さまからお茶会のご招待をいただきました」

猪児がかしこまって差しだしてきたのは紫色の三叶草《クローバー》の花が添えられた封書であった。

顔を上げると、回廊の向こうで、年長の宦官がこちらの様子を窺うみたいに首をのばしているのが見えた。もしかしたら猪児に次の用事を言いつけようとしているのかもしれない。

まだ三日しか見ていないが、その三日間、猪児はだいたいいつも小走りであちこちを行き来している。

そのままそそくさと後ずさろうとした猪児を夏雲は呼びとめる。

「ありがとう。猪児、あなたはよく働くわね。すぐに読むわ。私が読み終えるまで、待っていて」

「はい」

夏雲は封書を受け取ると、三叶草を指でつまみあげる。持っていた籠のてっぺんにぽいっと置いて、封書を開いて確認する。

手紙には、仰々しくも美麗な字で、明日、妃嬪《ひひん》たち全員が互いを知り合うためのお茶会を催すので、皇太后が暮らす景仁宮《けいじんきゅう》に来るようにと書いてあった。

景仁宮は後宮の東六宮《とうろくきゅう》に位置している。

本来ならば先代帝崩御の後は皇太后は離宮に退くものなのだが、まだ佩芳帝の妃《きさき》が立后していないので後宮の采配は、現状、皇太后が振っているのであった。人事や、妃嬪たちに与える禄《ろく》なども皇太后が管理している。

「そういえばあなたは、うちに来る前は、皇太后さまのところに仕えていたんだったわね」

猪児は先代帝のときから後宮に仕えていた宦官であった。といっても、いま後宮にいる宦官たちの大半がそうである。宦官たちは後宮に入ってしまったら、残りの生涯をここから出ずに終えるもの。罪人であったり、食べていけないので親に売られたりして性を拭い取った彼等《かれら》にはここにしか生きる術《すべ》がない。

猪児は「はい」とうつむいた。若干、顔を強《こわ》ばらせたのが少し気になった。

「皇太后さまのことを私、よく知らないわ。あなたに教えてもらっていいかしら」

「はい。奴才に教えられるようなことがあるのでしたら喜んで」

「なんでもいいの。なんでも教えて。私は苑の国のことも、後宮のことも知らないから学ばなくてはならない。そうね。宦官《かんがん》たちのあいだで流れている噂《うわさ》も聞きたいわ」

「え……」

「たとえば私が策士でしかも佩芳帝も手玉にとろうとするしたたかな女で油断ならないっていう噂とか」

これは小鈴に聞いた噂話である。どうやら宦官みんなが夏雲をそう評しているらしい、と。

噂では、妃嬪一同が集ったときに夏雲は、とても凄《すご》みのある悪女の顔をしていたのだそうだ。

凄みって、と夏雲は情けなく思う。

たぶんそれは「うちの宮女と馬たちをきらきらつやつやにしてやる」と決意したときの顔だろうけど。

夏雲がそう心に決めたのは、佩芳帝が現れる直前だった。やけに夏雲が「きりり」と強気な顔をしたのを見た妃嬪たちが「あれは、なにかやってのけようと決めた顔」と感じたらしいし——実際にその後は他の妃嬪とは違うことをして佩芳帝の寵愛《ちょうあい》を受けることになったから、その瞬間になんらかの策を弄したのだろうとみんなが勘違いしたようである。

ちらりと見ると、猪児は常よりさらに険しい顔になっていた。否定も肯定もしないということは、その噂は、かなり広まっているのかもしれない。

ところで長話をしているのに、さっきから、回廊の先で立ち止まっている宦官はまったく動こうともしない。夏雲の懸念通り、ここで猪児を解放すると、すぐにつかまって次の仕事を命じられそう。

——この子だけ働かせすぎだわ。少し休ませてあげましょう。

そう考えて、夏雲は庭にある円卓と椅子に向かって、のびた雑草を踏みつけて歩きだす。

「あそこの椅子に座って読むわ」

庭の隅の石造りの円卓を指さすと、猪児が夏雲の先を小走りで進み、

「娘娘、お待ちください」

と、懐から取りだした手巾《しゅきん》で石の椅子をごしごしと擦《こす》りだした。すすけていた椅子が見る間に綺麗《きれい》になっていく。

——ていうか、命じられなくても自主的に働くんだなあ、この子。

「ありがとう」

枯れた枝が地面に散らばっていて、足下でポキッと小さな音がした。この庭は、一度、きちんと手入れをしないとならないと思う。

そのときだ。

夏雲の視線の先——跪《ひざまず》いて椅子を拭く猪児の足下で、地面に落ちていた小枝のひとつがしゅるしゅると動いた。

「え⁉」

蛇だった。

しかも三角の頭と暗褐色の色合いの、これは毒蛇だ。

「猪児、動かないでっ」

夏雲は、持っていた籠を放り投げ、小鈴の籠の上から鎌をさっと手にした。

「ひっ」

猪児が叫び、腰を抜かす。仕方ない。猪児からすると夏雲がいきなり鎌を持ち挑みかかってきたようにしか見えないのだから。

さらに回廊の向こうでずっと立っていた宦官が「ぎゃあああ」と大声をあげた。これもまた仕方ない。生い茂った草に邪魔されて詳細が見えないのだから、椅子を拭いてくれた猪児にいきなり夏雲が鎌をふりあげて飛びかかったと思ったのだろう。

さらに小鈴も、絹を裂くような高い声で悲鳴をあげた。やはりこれも仕方ない。小鈴は蛇が苦手なのである。

しかし宦官たちと小鈴がどうであれ、蛇は動くものに反応する。

蛇は、いきなり自分の側に近づいてきた猪児に向かってかま首をもたげ威嚇していた。

このままでは猪児が嚙《か》まれてしまう。

すかさず夏雲は、振り上げた鎌で毒蛇の頭を取り押さえる。そのままぐさりと鎌を地面に振り落とす。ごめんなさいと思いながらも、人間も嚙まれたら毒が身体《からだ》にまわって死ぬので、臨戦態勢にはいられてしまったら「やる」しかないのであった。

地面に尻餅をついたまま猪児が夏雲を見た。地面に刺さった鎌も見た。そして夏雲に狩られた蝮《まむし》を見て「ひー」と長い悲鳴をあげた。猪児の悲鳴を聞いた年長の宦官がどたばたと足音をさせて「誰か。誰かー」と大声をあげながら、逃げていく。

なにか言わなくてはと思い、夏雲は口を開く。

「これ毒蛇。蝮だよ」

淡々とした言い方だった。

蛇に悲鳴をあげる夏雲ではないのだ。なんなら蛇の扱いに慣れている。毒のない蛇をたくさん連れ帰って夏雲に見せて驚かせようとしてきた兄の峰風《フォンフォン》に鍛えられた結果である。峰風は夏雲とひとつしか年が違わないため、他の兄たちとは別で、ちょっとだけ意地悪なからかいが多かった。

「……娘娘、平気ですかっ。嚙まれたりはしてないんですよね。って、きゃあああ。やっぱり蛇だっ」

小鈴が我に返ったのか、しゃがみ込んでいる夏雲に飛びついて、しかし途端に、地面に縫い止められた蝮が目に入ったのか、あらためてまた悲鳴をあげる。そのまま卒倒してしまいそうな顔だったので、夏雲は小鈴を片手で抱え込む。

「うん。大丈夫。噛まれてないよ。だって、私だよ？」

なんとなく胸を張って応じた。蛇に強いことを誇ってどうすると思ったが。

「そうですね。娘娘は峰風さまのせいで蛇全般に慣れてますもんね。蝮も毒はあるけど蛇だし」

小鈴が答えた。

蛇に慣れてるのは、言われてみるとけっこう嫌だ。

夏雲は小鈴を抱えたまま そろそろと立ち上がり、猪児に向き直った。

「ごめんね。危ない目に遭わせて。私が庭で招待状を読むなんて言ったばかりに迷惑をかけたわね」

「いえ……」

蚊の鳴くような声だった。猪児はいまにも白目を剝《む》いて倒れそうである。

「蝮、あんまり見かけたことがないのかしら。苑国に蝮は少ないの？」

猪児はかすかに首を縦に振った。

「はい。後宮で蝮を見たことはございません……」

「そう。對《たい》は蝮だけじゃなく毒蛇がけっこういるのよ。自然とそのへんをにょろにょろしてて……ほら、草原だから？　蝮でまだよかったよ。尻尾を震わせて音をさせる毒蛇は容赦なく嚙んでくる」

そうしているあいだに、叫んで逃げていった宦官が同僚を連れて戻ってきた。ばたばたとまばらな足音が近づいてきたが、彼等は庭に足を踏み入れられず「夏雲娘娘、いかがされましたか」と遠巻きに声をあげて問いかけてくる。

夏雲は背筋をのばし、宦官たちを睨《にら》みつけた。

「蝮を捕まえただけ。私がどうしたかを問うのではなく、仲間の猪児の安否も問いなさい」

小鈴が夏雲の安否を気にして駆け寄ってくれたのと比較して、宦官たちの猪児の扱いに、胸の奥が冷えた。年下の仲間をどう思っているのだろう。端から見たら夏雲が乱心して猪児に飛びかかっているように見えていたはずだが、それでも助けようともせず、逃げだしたのだ。

――こういう人間、好きじゃない。

夏雲は大股で歩いていき、そこに集う宦官たちを見据え、

「蝮がいたのよ。でもこの私、蝮ごときにやられるような女じゃないの」

鎌をくるくると振り回してから、腰に手をあてて仁王立ちする。剣とか槍《やり》の柄を持って派手に回してみせる演舞的な技は、夏雲の得意とするものだ。力より技巧。はったりも大事。

しかし――やり過ぎたかもしれない。全員の顔面が蒼白《そうはく》である。

「とりあえず庭の草むしりをしましょう。他にも蝮がいたら大変だもの。あなたたち毒蛇を捕まえたことはある？」

気を取り直して聞いてみる。

宦官たちが全員青ざめたまま震え「ございません」と跪いた。

「……そう。だったらなにができるの？」

思わず漏れた本音だった。

年下の子をこき使い、なにかあったと気づいてすぐに悲鳴をあげて逃げだして、仲間を連れて戻ってきたけれど遠巻きに様子を窺《うかが》うだけで。

草むしりくらいはできそうだが、蝮がまだいるかもと思うと、馴《な》れていない宦官たちに命じるのは危ないし。

しかし夏雲の声に、宦官たちの頭がさらに下がった。平べったくなって頭を地面に叩《たた》きつけ、ぶるぶると全身を震わせ、なかには泣き声をあげ「申し訳ございません」と謝罪する者もいる。そこまで怯《おび》えなくてもというくらい、怯えている。

──もしかして、これって、みんなに「だったらおまえたちはなにができるのか。ちっとも使えない者どもらめ！」って毒づいていると思われた？

たしかにちょっとイラッとしていたけれど！

「わかったわ。では蝮を入れるための瓶を用意して。それくらいならできるわよね」

額を押さえてうつむいて言う。無駄に、策士だと思われたらたまったものじゃない。夏雲はごく平凡な普通の皇女だ。對国というお国柄、馬に乗れるし、武芸に秀でていて、少し脳筋の傾向はあるけれど。

「はっ」

宦官たちは全員、跪いたまま ずりずりと後ずさり、そして立ち上がるとあちこちに散っていった。

それから三刻のあいだ──夏雲は庭の草刈りをしたのである。

宦官《かんがん》たちは蛇に馴れていないし、宮女たちもだいたいが蛇は苦手ときている。夏雲が率先して動くしかなかったし、それはそれでよかった。

ただしびっくりするくらい、次々に蝮がでてきたので、せっせと捕まえることになったのは予定外だった。

――いや、予定外なのかなあ？

苑の後宮で蛇を見たことがないと猪児は言っていた。宦官たちも慣れていない。だったらこの蝮たちはここにもとからいたわけではないのでは？

そうなると誰かが蝮を襲芳宮に放ったということになる。

――後宮の妃嬪《ひひん》の争いって、毒蛇使ったりするの？

蝮はそこまで好戦的ではないから人間をいきなり噛んだりしない。それでも毒蛇は、毒蛇だ。まれに噛まれて人が死ぬこともある。

――部屋に放たれたわけじゃなく庭ってことは、襲芳宮の誰でもいいっていう脅しで、嫌がらせっていうことだよね？

考え込みながら草刈りをする夏雲の隣で、夏雲と同じくらい勇ましく鎌を使って蝮を捕まえてくれたのは宮女の青蝶《あげは》だ。

青蝶は襲芳宮の宮女のなかで一番年かさの三十五歳。兄たちから「青蝶は心が強いから、とにかく連れてけ。とんでもないところで役に立つから。ただし、ここはやってくれるだろうって信じてまかせようとすると絶対にコケる。そういう女だ」という推薦の声があり、宮女として雇い入れ、對国から連れてきた女性であった。

草刈りをすると言って召集すると、筒袖の胡服《こふく》に着替え、自分の鎌を持ち、準備万端で参加してくれた。簡素に結い上げた黒髪に金の簪《かんざし》。化粧っけのない肌にまばらに薄い色のそばかすが散っていて、美人とは言いがたい容姿である。けれどきびきびと動き、はきはきと話し、大口を開けて笑う彼女と過ごしていると、最終的にみんなが彼女を好きになる。不思議な魅力の持ち主だった。

「蝮もかわいそうに。餌もないのにどうしてうちの宮に来ちゃったんだか」

首を傾《かし》げ同情するように語りながらも、青蝶は蝮に対して容赦ない。満面の笑みで、するっと蝮を手で捕まえて瓶に入れ、蓋をする。夏雲以上に蝮慣れしている。

さらに、蝮が三匹を越えたところで、

「無駄な殺生はよくないし、娘娘《ニャンニャン》、この蝮みんな酒にしていいですか」

と言いだした。

なにを言っているんだか、伝わっているが、わからない。わかりたくないと頭が拒否する。

「酒に？」

聞き返した。

「はい。酒にします。ください。それで、酒ができたら對に送ります。滋養強壮の薬ですから。あとは陛下と皇太后さまと妃嬪のみなさまにもお裾分けしましょう」

「え」

さすがに夏雲の鎌を使う手が止まる。

「もちろん對に送るのは善意です。でも他のは嫌がらせです。だってもしかしたら蝮は誰かに放たれたわけでしょう？ 一箇所にこんなにいるわけない。一匹ならまだわかるけど、十四こえたら、もう普通じゃない」

「そうだね」

夏雲の懸念と同じことを考えている青蝶に、夏雲は力強く同意した。

「だから、酒にして返しましょう。あれ、買ったら高いんです。めっちゃくちゃ高価なんです。だから普通にもらったら、嬉《うれ》しいもんなんです。でも蝮を放った相手だけは、酒になって戻ってきたら歯ぎしりしますよ。〝わかってるぞ。あなたなんでしょ〟って言われたと思って、ひやっとするかも」

「そうだね‼」

思いつかなかったが、言われてみればその通りだ。

「ね？　やられたら、笑顔でやり返す。それが對の女です」

「そう……だね？」

對の女たちみんなが彼女の意見に同意するかは疑問である。

――心が強いってどういうことかって思ってたんだよね。こういうことか。

兄たちの推薦、半端ない。青蝶は後宮暮らしに必要な人材であった。たぶん。

最終的に青蝶は、蝮《まむし》たちを瓶に詰めると、まぶしい笑顔で、厨房《ちゅうぼう》と庭を往復し、十個の瓶を運んでいった。

そして、その日、夏雲は「蛇はどこにでもするっと潜り込むので、まだ襲芳宮のどこかに潜んでいる可能性もあります。宮女は常に気を配り、鎌を所持して歩くように。ひとりで歩いていて毒蛇に噛《か》まれたらまずいので、ふたり一組で行動してね。宦官たちは邪魔だからしばらく出入り禁止」と襲芳宮の全員に告げたのだった。

※

そして、その日の夕方の、皇太后の景仁宮である。

皇太后――雨帆《ユーファン》が布張りの長椅子に腰かけている。

皇太后は、亡くなった先代帝の十歳下――御年、五十五歳。若くは、ない。けれど老いさらばえてもいない。そして意外なことに見た目は凡庸で、美女ではない。年を経たいまとなっては「味わいがある」というひと言でくくられるが、若き日ははっきりと「見るべきところのない女」と陰口を叩かれていた。醜女《しこめ》と罵るほどに醜くもないが、美しさを褒《ほ》め称《たた》えるような要素もない、ごく普通の女性であった。

けれどその普通の女性を、先代帝は選び、皇后の座に置いたのだった。

ただし皇太后には力のある貴族の後ろ盾があった。右宰相の陳《チン》家が彼女の係累で、今回、後宮に迎え入れた万姫《ワンチエン》は皇太后の親戚である。

今日の彼女の装いは、薄縹《うすはなだ》の絹の上襦《じょうじゅ》に白や藍色の裙《くん》と領巾《ひれ》。高く結い上げた髪に金と碧玉《へきぎょく》の歩揺を飾り、揺れる耳飾りも金と碧玉をあしらったもの。加齢でくすんだ肌は金の輝きとよく馴染《なじ》む。彼女はいつでも「己のいま」を熟知している。

そして、いつでも彼女の目の奥にはなにかしらの輝きに似たものがあった。

いまは、衰えない野心の炎が、黒い眸《ひとみ》の奥でひかっていた。

宦官の猪児が猫背で小走りに駆け寄って、皇太后の前の床に跪《ひざまず》き礼をする。

「遅い」

皇太后は手にしていた茶碗《ちゃわん》の中身を猪児の頭にぱしゃりとかけた。かけられた茶が猪児の顔の形に沿って流れ、顎から滴となって床にぽつりと落ちた。飲みかけのぬるい茶だったから、濡《ぬ》れるだけですんだ。茶碗を投げつけられたわけでもないから、痛くない。今日の皇太后は、まだ、優しい。

「茶会の招待の手紙を差し向けた、その返事がいま？　この時間になるまで襲芳宮でおまえはなにをしていたのだ。言いなさい」

低く厳しい声だった。

「申し訳ございません」

叩頭《こうとう》して床に額を打ちつける猪児の身体《からだ》が勝手に震えだす。ついこのあいだまで猪児は皇太后に仕えていた。彼女の命令をうまくこなせず杖刑《じょうけい》にされたときの傷が猪児の身体のあちこちに残っている。

「謝罪は不要。顔を上げ、子細を話せ」

ゆっくりと顔を上げるが、まともに顔を見返すのは不遜すぎてできそうにない。猪児はいつも皇太后と対峙《たいじ》するとき、彼女の指や手を見る。せわしなく動かしたり、ぴたりと静止する指の動きは、彼女の次の行動の予測に役立つ。

いまは綺麗《きれい》に磨かれ色を染められ金粉をまぶした長い爪が肘掛けを小刻みに叩いている。

膝に広げられているのはついいましがたまで彼女が読んでいた書簡である。

「はい。——襲芳宮の庭に毒蛇——蝮が現れました。夏雲さまは自ら庭を整地し蝮を捕るための指揮をされておりました」

「あら、それは見込みがあるね」

皇太后の指の動きがぴたりと止まる。

「あの蝮たちは、わらわからの贈り物。陛下にふさわしい女かどうか見極めるために、宦官たちに申しつけ、すべての宮の庭に放った」

猪児は絶句した。

まさか蝮を放ったのが皇太后だとは思わなかった。

嫁と姑《しゅうとめ》の仲はなかなかうまくいかないと世に言うが、後宮の嫁姑問題は熾烈《しれつ》すぎる。けれど皇太后ならばさもありなんと猪児は思う。彼女は、そういうことをしてもおかしくないと思わせる異常な女だ。

「蝮くらいで動揺する女は、よくない。生《な》した子を間違って失うような母が皇后の座については困るもの。そうでしょう？　わらわのような皇后はよくない。わらわよりもっと素晴らしくて、強くて、賢い女でなくては」

ぽつりと付け足された言葉は小声で、その場にいる宦官と宮女たちはしんとして同意も否定もしなかった。

──皇太后さまは、ご自身が腹を痛めて出産されたご子息は三人、そのうちのふたりを亡くされている。

妃嬪たちの争いは苛烈なもの。

でも、その妃嬪を娶《めと》る以前の、玉座に辿《たど》りつくためにしのぎを削って争ってきた皇子たちに比べれば、後宮の女たちの争いはまだなまぬるいものである。

だって嫁いできた妃嬪たちは、殺されない。

一方、皇帝陛下の子息として生まれた皇子たちのほとんどは「原因不明の病気」や「詳細不明の事故」により成人に至る前に命を落とす。

皇子たちの玉座に至るまでの争いのほうが、妃嬪たちの皇后争いより、ずっと熾烈で過酷なのだ。

それゆえに──後宮の妃嬪の「皇后選び」は前哨戦《ぜんしょうせん》でしかないと宦官と皇太后はみなしている。

妃嬪たちは皇后選びを経て、おのおの立場を確立し、そのうえで、陛下の寵愛《ちょうあい》を受けて子を生す。

そこから妃嬪《ひひん》たちの本気の戦いがはじまる。

自分の子を命がけで守り、大事に育て、優秀な子だと皇帝陛下に認めさせて——後継者として名指しさせるまで、女たちの闘争は終わらない。

そして、皇太后はその争いに、負けたのであった。

皇后には、なった。

が、皇帝の座に就いた佩芳帝は、皇太后の実子ではない。養い子なのである。

彼は、婚姻の儀で選ばれなかった、才人である妃嬪の子だ。

——佩芳帝の生母は佩芳帝の出産で命を落として……。

母を亡くした佩芳帝を、皇太后は養子とし、実の子たちと共に慈しみ育ててきた。

最終的に先代帝は佩芳を玉座に座らせることを選択した。

皇太后は先代帝に選ばれて皇后となり長く後宮に君臨し、皇子三人を出産したが、ふたりは幼くして鬼籍に入り、もうひとりは成人したが先代帝との折り合いが悪く、後継者として認められず群王《ぐんおう》の地位を授かり、湖南省《こなんしょう》地方に所轄領を与えられ、いまは離れて暮らしている。

養母として育てた佩芳が玉座についたことを光栄だと彼女は微笑《ほほえ》んでいたけれど——皇太后の実の子は地方の領地をあてがわれた群王だ。

分け隔てなく育てたことによりできたこの格差を、皇太后が、どのように胸のうちに呑《の》み込んだのかがまわりにはよく見えない。

——皇太后さまは佩芳帝を憎んでいるようにも見えるし、慈しんでいるようにも見える。

「ついでに陛下にもお贈りしたわ。卜占《ぼくせん》のようなもの。生きのびるならば重畳。消えるならそういう運命。陛下に万が一のことがあっても、わらわにはもうひとり息子がいるから。なれど、陛下は今回も生きのびたようね」

皇太后がにんまりと笑った。

「それで？　襲芳宮で、誰か死んだ？」

皇太后の身体が少しだけ前屈《まえかが》みになる。

「いえ。誰も。奴才が蝮に噛まれそうになったのを夏雲さまが助けてくださいました」

猪児は夏雲が鎌で蝮を退治した手際とその後の顛末《てんまつ》を語る。皇太后はうなずきながら聞いている。

「そう。他の宮でも誰も死ななかった。夏雲だけが有能というわけではないわ。とはいえ自身で蝮を退治できるのは、たくましいこと。先行き有望ね。他の宮は、毒消しの薬を各宮で用意していて、それを使ったそうだよ。まだ婚姻の儀から三日しか経《た》っていないのに、人死にがでてしまったら不吉だからと、宮女や宦官《かんがん》に処置を施したと報告を聞いた」

皇太后の指が再び肘掛けを軽く叩《たた》きはじめる。

「おまえは夏雲に感謝するといい」

皇太后がそう言って、猪児は「はい。心から感謝をしております」とうなずいた。

夏雲は猪児が蝮に噛まれそうになったところ、蝮を退治して、守ってくれたのだ。命を助けてくれた。普通の妃嬪はあんなことは、しない。しかも、その後で駆け寄ってきた宦官たちを「仲間の猪児の安否をまず問いなさい」と叱りつけた。

猪児は、いまだあのときの自分の驚きをうまく消化しきれていない。使い捨ての宦官の命を守るために、妃嬪が自ら鎌を振るい、優しい言葉をかけて猪児を気遣ってくれた。後宮の妃嬪にそんなふうに扱われたことは、はじめてだったのだ。

「どういうつもりっ⁉ たかがおまえの命ひとつ救った程度で感謝などっ」

皇太后は急に声を荒らげ、膝の上にあった書簡を猪児に投げつける。紙が頭に当たって、ばさりと音をさせて床に落ちた。感謝しろと言っておいて、うなずくと逆上する。わかっていることだった。かといって、うなずかなければそれはそれで自分の言葉を無視するのかとやはり逆上する。どちらにしろ叱られる。幸いなことに書簡は、ぶつけられてもそこまで痛いものではない。血も出ない。

避けると怒りに火を注ぐので、黙ってされるがままになって平伏する。見るつもりはなくても床の書簡が目に入る。書簡の筆跡は、皇太后の子である群王のものだった。

――群王さまは最近よく後宮の妃嬪たちにお手紙をくださっている。たしか万姫さまと、魅音《ミオン》さまと、麗霞《リーシャ》さまにお送りくださっていた。

婚姻を寿《ことほ》ぐ書簡と共に贈られたのは、本である。群王からの書簡には「皇太后さまは難しいご本を薦めてくださるのが悪癖です。薦められた教養の本だけでは疲れることがございましょう。片手間に読むような、流行の娯楽本を私から贈らせてください」と書いてあるらしい。

どの妃嬪にも似た内容の本が贈られていた。悪女と言われる妃嬪が後宮で策略をして立后されようとあがくが、結局、善良で美しい主人公にしてやられて後宮を追われるという話。後宮の悪女伝説は巷《ちまた》の民びとの心を浮き立たせるらしく、びっくりするくらいたくさん出版されている。後宮の外で読むなら娯楽だが、なかに入った妃嬪たちに送りつけるのは嫌がらせではないかと思うのだけれど。

ぼんやりと心を飛ばしていたら――。

「それを拾ってこちらに」

と皇太后が命じてきた。

猪児は、書簡を手にして膝立ちで進み、皇太后に渡す。

皇太后の指はまだたんたんと同じ間隔で肘掛けを叩いている。

「おまえの主人はわらわであることを忘れてはならないよ」

「はい」

皇太后の采配のもと手配された宦官のなかには、皇太后の間諜《かんちょう》がいる。各宮に配属された宦官たちは定期的に皇太后に妃嬪の様子を報告する。

猪児も間諜だ。

宦官の同輩、先輩たちは猪児が「そう」であることを知っていた。後ろ暗いところがない者は猪児を排除しないのだけれど、気持ちの問題なのか、猪児が側にいると煙たがる。

それはそれとして猪児以外の宦官たちもそれぞれに他の官僚や、あるいは宦官の長である太監の間諜だ。誰かの管理下ではなく独自に動く宦官などこの後宮にはいないのである。

「で、おまえを助けて、おまえの先輩の宦官たちを叱りつけ、自らが庭の蝮《まむし》狩りをしてのけた以外に、夏雲はなにをした？　こっちを見て、話しなさい。報告をするおまえの顔が見たいから」

皇太后が素敵な土産を待つときの子どもみたいな笑みを見せ、猪児に問いかける。

「あとは……婚姻の儀で贈られた花籠を厩舎《きゅうしゃ》に運び、中の花を馬に食べさせるとおっしゃっていました」

「馬に？　それはよくない。婚姻の儀の花は、民びととの祝福の花。その話、後宮の外に漏れ出たら大変だ。〝たとえ野草であったとしても、我らの祝福の気持ちを馬に食わせるのか。これだから對国の皇女は話にならん。野蛮きわまりない〟ということになる。皇后になるならば、民びとの気持ちを逆撫《さかな》でするようなことはしてはならない」

ひとさし指で顎を支え「さて、どうしましょう」と難しい顔になって、つぶやいた。

「そういえばわらわが封書に添えた三叶草《クローバー》を見て、夏雲はどんな顔をした？」

「特になにも。指でつまんで外し、婚姻の儀の花籠の上に載せておりました」

「あの三叶草には、揶揄《やゆ》を込めたのに。野の花だらけで、他の妃嬪より花籠が少ない夏雲に〝あなたのような女に渡す招待状は添える花も野草で充分よね〟と皮肉を添えたつもりだった。それが伝わって、それで花籠に置いたのか――伝わらないで、民の気持ちも私も揶揄も一緒にまとめて馬に食べさせるつもりだったのか。どっち？」

「わかりません」

猪児の返答に「どちらであっても、躾《しつ》けが必要。まだ彼女を一番に贔屓《ひいき》する理由にはならないわね。これから……これから……」と皇太后は肘掛けにもたれて身体《からだ》を斜めにし、薄く笑った。

これから……これから……。

佩芳帝が皇后を選ぶ背後で、皇太后もまた秘密裏に、自分の後継者になるべきふさわしい妃嬪を選択しようとしているのであった。

3

翌日である。

夏雲《シャーイン》は小鈴《シャオリン》含め宮女たち五名を伴って、景仁宮《けいじんきゅう》に出向いた。

招待されたお茶会である。

——とにかく負けない！

なにに負けないかというと場の雰囲気に。

兄たち同様、己も脳筋だとわかる瞬間だ。理屈は、いらない。そして、目の前のことに全力で挑む。

——最初の日に、野草宮って言われてたわよね。でも、野草って綺麗《きれい》だし、可愛《かわい》いわけよ。

宮女たちをきらっきらに装わせると初日に心を決めたので。

さらに、誰がやったかは不明だが、昨日、庭に蝮を放たれたおかげで夏雲の気合いは上乗せになっていた。

夏雲たちも負けてはいないと胸を張る。

――まず、他の妃嬪のみなさまと皇太后さまに、野の花は野の花で美しいということを認めてもらおうじゃないの！　私はともかくうちの宮女たちはみんな揃《そろ》って綺麗だったり可愛らしかったりするんだし？

今回は自分ではなく、宮女たちが、美しく見える装いに気を配った。

見た目が揃っているとそれだけで士気も上がる。色の取り合わせはしっかりと考えて、夏雲も宮女たちも、みんな爽やかな淡い萌葱色《もえぎいろ》と白の襦裙《じゅくん》で揃えた。少しずつ形は違い、襟元の刺繍《ししゅう》や帯で個性は出しながら、清潔感と爽やかさと若さを大きく押しだす。刺繍は蒲公英《たんぽぽ》であったり、三叶草の花であったりと野草で統一している。

自画自賛になってしまうが、豪華絢爛《ごうかけんらん》な花だけが花ではないことが伝わる愛らしい刺繍だ。

特にこだわったのは襟元と袖にあしらった繊細な白の麗糸《レース》である。細い糸で透かし模様で編み上げたそれは「なにくそ」と夏雲がひとりで全員分をせっせと仕上げたものだ。

それがあるだけで、すべての衣装に可憐《かれん》さと高級さが加味されたと自負している。

夏雲は結った髪に真珠と銀の歩揺を飾っている。若草色の裙《くん》に上襦《じょうじゅ》は白絹。艶のある緑の帯に縫いとったのは銀糸の川の流れと滝である。袖と襟元は白い麗糸で縁取った。

そして、きっちりと胸を覆った上襦の襟元を麗糸で飾ると、やっぱり胸の「つるぺったん」が気になったので、見栄《みえ》を張るのに本日は「初代肉饅頭《にくまんじゅう》ちゃん」を詰めてきた。襟を引っ詰めて着こなしたので麗糸で隠されて胸が露《あら》わにならないから、谷間はいらない。でも、かすかであっても、膨らみは欲しいと思ってしまったので。

ちなみに宮女たちは夏雲の胸が出っ張ったり、平らになったりするのを特に問い詰めることなく「まあ、なにか工夫しているのだろう」となまぬるい感じで見守ってくれている。

夏雲たちが案内されて部屋に入ると、用意された円卓に、もうすでに夏雲以外の四名の妃嬪《ひひん》が座っていた。

螺鈿《らでん》の屏風《びょうぶ》を背にした席の、一番年かさの、ひときわ高く髪を結い上げた女性が皇太后であろうと見当づけ、拱手《きょうしゅ》する。

普通だ、というのが第一印象だった。

皇太后は、後宮の儀で、先代帝に選ばれた人なのだから、すさまじい美女だと決めつけていた。年を重ねていてもその年齢にそぐわないくらい妖艶で、若々しい人なのではと想像していた。

でも椅子に座りこちらを注意深く見返す皇太后は、年相応の本当に「普通の」女性だ。

もちろん美しく装っていて、身ぎれいで、上品ではあるのだけれど。

「皇太后さまに拝謁の栄誉を賜り感謝を申し上げます。西六宮《せいろくきゅう》、襲芳宮《しゅうほうきゅう》の夏雲と申します。ご挨拶が遅れましたこと、申し訳ございません。陛下に賜りました襲芳宮で、未熟な我が身と陛下に対する無礼なふるまいを猛省し謹慎しておりました」

先に謝罪するべき部分は謝罪しておこうとつらつらと述べ立てた。無策でこの場に来たりしない。数多《あまた》の兵法書に「索敵は大切である」とか「地をよく見てから陣を組め」などと書かれている。皇太后がどういう人かと、後宮内に流れる自分の噂《うわさ》を、今朝早くに呼び寄せた猪児《ちょじ》に聞いてお茶会に挑んだ夏雲だ。

まず、夏雲は策士であると噂されている。

さらに佩芳《ベイファン》帝の誘いを断ったことで「陛下に恥をかかせた」と皇太后がご立腹。また、あれから佩芳帝が他の妃嬪たちに声をかけないので「夏雲がやらかしたせいで自分たちもわりをくった」と他の妃嬪たちも立腹し、かつ焦っている。

次いで、昨日、庭で蝮退治をしたところを見た宦官たちは「あれは人を〝やった〟ことのある者の手腕」と怯《おび》え、しかもそのあとで夏雲が言い放った言葉を「おまえたちみんな使えない奴ね、ちっ」という意味に受け取ったらしい。夏雲の無表情が、相当、怖かったようなのだ。しかし考えてみて欲しい。笑顔で蝮を退治しているほうが怖いのではないか？

宦官《かんがん》たちはしばらく出入り無用と言って追い払ったのも、よくなかった。蝮に触れないようにと配慮したのに、夏雲の優しさは誰にも伝わらなかった。

おまけに——蝮は襲芳宮だけではなく、佩芳帝が過ごす乾清宮《けんせいきゅう》含めて、すべての宮の庭に出たようで——結果として「全部、夏雲さまが放ったのではないか。やっぱりあの女〝やる気〟だ」という判断を、後宮のみんなが夏雲に対して、くだしたらしい。

みんなして「すごい悪女が嫁いできた」と震え上がっている。

噂のすべてが間違っている……。

——悪女、ねぇ。

他の妃嬪に害をなそうとするところまではなんとか理解できるが、佩芳帝の宮にまで蝮を放つのは愚かすぎる。皇帝が死んだら後宮は解体だ。いまの妃嬪はみんな離宮に移され、次代の皇帝のもとで新しく皇后選びがはじまる。誰も得をしないことをしてのけるのは、「悪女」ではなく「愚女」である。

——そんな策略をたてた「悪女」なんて汚名でしかないじゃない。

とっとと返上し「善女」であることをみんなに認めてもらえるよう、がんばらないと。

ひたすら頭を下げて皇太后からの言葉を待っていたら、

「顔をお上げ」

という声をもらうことができた。

頭を上げると、皇太后と目が合った。

——眼力の鋭さだけは、普通じゃないわね。腹の内まで見透かされそう。

「無礼なことに陛下の誘いを退けたというから、どれほどの美姫《びき》かと期待していたのに、さほどでもないわね。陛下の好みは変わっている。五名の妃嬪でよりによってあなたに声をかけるなんて」

「はい」

「はいと申したか？　陛下のことを愚弄するかっ」

「いえっ」

好みが変わってることに同意したら、佩芳帝を愚弄することになるのか。皇太后が自分で言いだしたことなのに、そんなことある？　罠《わな》がすぎる。

「あなたは着ているもので得をしているね。見目麗しいわけではないけれど——みっともなくはない。女らしくはないが、凜々《りり》しい。あなたが男だったら、女性たちを虜《とりこ》にしただろう。あなたが女であることが惜しいわね。考えてみれば陛下は、繊細で、小さなときは病弱でわらわを悩ませた。あなたのように強そうな女に支えてもらいたいと思うのも、わからないではない」

皇太后はしょっぱなから飛ばしてくれる。

褒められているのか、けなされているのか、両方か。

――それでも、着ているものは褒めてくださったわ。

夏雲は心のなかで拳を突き上げる。麗糸と刺繍に目を留めて、美しいと認めてくれた。野の花であろうと、綺麗なものは綺麗なのだ。對国《たいこく》の女たちの爽やかな美しさと、自尊心を舐《な》めないでいただきたい。

とはいえ顔には出さずに――そもそも喜怒哀楽があまり表情に出ないので出しようもないが――慎《つつ》ましく首を傾《かし》げてみせた。脳筋の兄たちに鍛えあげられた結果完成された「無言でやり過ごしの技」である。

「見たところ、襲芳宮は宮女たちのほうが主人より愛らしい。後宮の妃嬪だけではなく、宮女たちもまた陛下にお仕えするのが、定め。あなたを呼ばずとも、あなたの宮女に侍床するように申しつけられることがあるかもしれないね。そうなったときによけいな悋気《りんき》を起こさずに、宮女を支えてあげるのも主人であるあなたの務め。心構えはしておくように」

鷹揚《おうよう》に告げた皇太后に、

「はいっ。宮女たちを褒めてくださり、ありがとうございます!!」

と、夏雲の感謝の声が無駄に大きくなった。

うちの宮女たちはみんな個性的で、美人だったり可愛かったりして魅力があるのよと胸を張る。

ふと、まわりを見回すと、皇太后だけではなく、その場にいる全員の視線が夏雲と宮女たちに向けられていた。

宮女たちの姿を上から下まで眺め——彼女たちの目は夏雲の着ている襦裙の麗糸で留まり、揺らめいた。さらに宮女たちの襟や袖にあしらわれた麗糸に向かい身を乗りだした妃嬪もいた。はじめて見るのであろう麗糸という美しいものに、妃嬪たちは興味津々のようである。しっかりとした手応えを得て、夏雲はさらに胸をそらす。

しかしすぐに、

「声が大きい。うるさいよ」

そう叱責されてまたしゅんとなる。

「そういえば。あなたは婚姻の儀で贈られた花を馬に食べさせているそうじゃないか。あの花は民からの祝福の心。そのように粗末に扱うなどあってはならないことだ」

指摘されて「あ」と息を呑《の》んだ。たしかに花は民びとからの贈り物。馬が大好きすぎて気づかなかったが、馬に食べさせてしまうのは、配慮のないふるまいだと受け取られても仕方ない。

——ここで一気に全部の謝罪を済ませておかないと、この後が大変。

「申し訳ございません。——皇太后さま、そして共に陛下に仕える、万姫《ワンチェン》さま、麗霞《リーシャ》さま、魅音《ミオン》さま、巧玲《チャオリン》さま」

夏雲はこの機会にと、大きすぎず、小さすぎずのちょうどいい声で、ひとりひとり顔を見て、呼びかける。

皇太后がさらに叱責を重ねる前に、一気呵成《いっきかせい》の勢いで怒濤《どとう》の謝罪とご機嫌とりを仕掛けてみせる。

「此度《こたび》のお席を設けてくださり、御礼申し上げます。ささやかながら贈り物を用意いたしました。初日の私の至らなさを顧みて、身を慎んで襲芳宮で作ったものです。お受け取りいただければ幸いでございます」

夏雲の言葉を聞いて五名の宮女たちがさっと散り、それぞれの妃嬪と皇太后の前に贈り物の包みを差しだし跪《ひざまず》いた。

夏雲が刺繍《ししゅう》した白絹に麗糸を縁取った手巾《しゅきん》である。刺繍は、妃嬪たちの容姿から思い浮んだ花にした。皇太后はどんな人でなにが好きなのかを猪児に聞いて、気品と優美を表す白と紅の梅。万姫は牡丹《ぼたん》。麗霞は蘭《らん》。魅音は桃の花。巧玲は白百合《しらゆり》。すべて夏雲が徹夜で縫った。

──刺繍はともかく麗糸は對国にしかないはず。

だって夏雲が編みだしたものなのだから。

妃嬪みんなが麗糸に見惚《みと》れていたのはわかっている。手に取って、近くで見てみたいに違いない。

皇太后は、つんとして背後に立つ自分の宮女に受け取らせた。麗霞と魅音も宮女に受け取らせた。が、万姫と巧玲は自らが受け取って、包みを開けて手巾を取りだす。

「ありがとうございます。なんて美しい手巾なんでしょう」

万姫が感嘆の声をあげる。

巧玲も周囲に見せるようにひらりと広げ、

「本当に。この縁取りが、まるで海の泡のよう。こんな織物《おりもの》は、はじめて見るわ。これはどうなっているのかしら。そもそもの糸がとても細いのかしら。對国特有の織物なの？」

と聞いてきた。

ふたりの感嘆の声に、皇太后の眉がぴくりとわずかに動いた。包みを開けなかった他の妃嬪《ひひん》たちは、つかの間迷うような顔をしたが、宮女に受け取らせたまま自ら手を出すことはしなかった。

それでも、

「——そこにお座り」

と皇太后は投げつけるように夏雲に告げ、空席を顎で差し示した。

やっと、である。

挨拶から長々とはじまって、やっと「座ってもいい」の許可がでた。

どうやら贈り物は効果を発し少しは皇太后の気持ちを緩ませたかもしれない。夏雲は「はい」と応じ、さっと袖を払って椅子に座った。

座った途端に、皇太后の宮女がやって来て、茶器に注がれた茶を夏雲の前に用意する。

さすが後宮。景仁宮もまた広くて立派な殿舎で、宮女たちも全員が選《え》りすぐりの美女ばかりで艶《あで》やかな衣装を身につけている。

ただしちらほらと宮女たちの手や首に赤い発疹《ほっしん》が見てとれた。できるだけ隠れるような襟や袖の襦裙《じゅくん》を身につけているが、荒れた皮膚が痛々しくて、夏雲も顔つきが自然と険しいものになる。皇太后の宮女たちは準備もとても手早くて、するすると物事を整えて、さっと戻っていってしまったのだけれど。

他の妃嬪たちの前にはすでに茶器が用意されている。皇太后が茶碗《ちゃわん》を手にし、口をつける。それを見て、妃嬪たちは自分の目の前にある茶碗を両手で持ち、顔の前に掲げ、皇太后に礼を告げて、飲む。

夏雲もみんなに倣って、少し遅れて同じ所作をした。

ひとくち飲むと、最初に感じたのはかすかな苦み。そして後に残るのはまろやかな甘みだった。発酵させた茶葉のかぐわしい香りが鼻に抜けて——けれど夏雲にとっては馴染《なじ》みのない味すぎて、

「む」

と小さな声が出た。

——味があるけど、ない。

對国ではお茶は塩を入れて飲む。苑《えん》では違うのか。

眉間にぐっと力が入り、難しい顔になったのが自分でもわかった。だいたいいつも真顔なのに、茶を口に含んでいきなり険しい表情になるのは不穏すぎる。案の定、妃嬪たちが夏雲の表情に眉間を曇らせたり、目をつり上げたりしている。

ここはどうにか動揺をごまかしたいと、顔いっぱいに笑みを広げた。

「美味《おい》しいお茶で驚きました」

にこにこ。

元気に愛想よくしたが、みんなが一斉に夏雲から視線をそらした。

――なんでよ!?

「怖い顔だねぇ」

と皇太后が苦い顔でつぶやく。

「人間というのは笑うときはたいてい目が細くなるものだよ。なんでカッと目を見開く？ 呪われた人形みたいな顔をするんじゃあない。美味しいお茶が不味《まず》くなる」

妃嬪たちも目をそらし、不自然なくらいだまりこんでしまった。どうやら相当とんでもない笑顔だったようである。

「……申し訳ございません」

他に差しだせる言葉がなくて仕方なく謝罪した。

「こちらこそ、ごめんなさい」

掬《すく》いの手を差しだしてくれたのは万姫であった。

「こんなに素敵なものをいただいたのに、わたくしはなにも用意してなかったわ。わたくしの気の利かなさを恥じるばかりです」

万姫は微笑《ほほえ》んで話しかけてくる。華やかな美女は心もまた華やかなのか。明るい笑顔が目にまぶしいし、ありがたい。

「いえ。私はひとりで宮にこもっているあいだ、他にすることもなかったものですから。こうしてみなさまに手渡す機会を得られて嬉《うれ》しいです。皇太后さまにお声をかけていただけなければ、みなさまにお渡しすることもできずずっと手許《てもと》に置いておくだけでした」

夏雲は殊勝そうにうつむいてみせた。どうにかして悪女の印象を払拭したい。夏雲は、對国を背負って嫁いできたのだ。對国は、そんなむちゃくちゃな国じゃない。むしろみんながにこにこして、裏表なく、心あたたまる情の通う良い国なのに。

「そうね。皇太后さまに栄えあれ。ありがとう存じます」

万姫がそう言って皇太后に拱手《きょうしゅ》し、他の妃嬪と宮女がみんな倣う。当然、夏雲と夏雲の宮女たちもそれに倣う。

「おもしろいものね。あなたの国の刺繡はわたくしたちのものとは図案が違うわ。わたくしたちの刺繡は家紋と吉祥図にとらわれていてこんなに自由ではないの。もちろん牡丹や桃の花はそれだけで縁起物だから、花だけを刺繡するのもよくあることだけれど」

しかし、万姫にさらりと言われた言葉に夏雲の背中がざわっと冷えた。もしかして刺繡の図案で花だけというのはよくないものだったのだろうか。綺麗《きれい》だったらそれでいいんじゃないかと思っていたが。

——褒められたと思っていたけれど、実は悪口だった？

「物知らずなのも仕方ないわね。夏雲さまは對国の方だから」

麗霞が顎を持ち上げて、夏雲をくさす。万姫のあれは、やっぱり悪口だったのかと無言で様子を窺《うかが》うと、

「そうね。逆に、わたくしたちも對国のことはよく知らないのですもの。おたがいさまだわ。わたくし、奏国《そうこく》のこともよく知らないの。せっかく出会ったのですからおふたりから故郷の国のことを教えていただきたいわ」

万姫が夏雲と巧玲に笑いかけてくれた。

万姫の言葉が発端となって夏雲がけなされたのを華麗に救い、援護する。

巧玲はというと、手許に広げた自分の手巾の麗糸を見つめながら「そうですね。私も苑《えん》国《こく》と對国のことをよりよく知りたいと思います」とつぶやいた。

誰を味方にして誰を敵にしたらいいのかがわからず、あたりを探り続ける夏雲だ。

話を聞いていた皇太后が鷹揚にうなずいてから、口を開いた。

「よい心がけです。後宮の妃嬪のつとめのひとつは、陛下の話し相手となること。無知がすぎるのは、よくない。かといってあまりにさまざまなことを学びすぎて、陛下の政治に口を挟むような妻になるのは考え物ですよ」

「はい。皇太后さまに教えていただいた『女誡《じょかい》』を何度も読んで、学んでおります」

万姫が穏やかに応じる。

「そう。ちゃんと読んでいるのね」

皇太后が満足そうに微笑んだ。『女誡』は名のある学者が書いた「女性が嫁ぐときに読むべき教育書」である。そういえば夏雲にも事前に皇太后から送り届けられている。しかしいまだ読んでいない。皇太后の攻略は『女誡』読書からなのか。

麗霞が唇を引き結び、悔しげにうつむいた。巧玲は首を傾《かし》げ、様子見だ。

魅音はおのおのの様子を探るように視線を巡らせ、ここは万姫についていたほうがいいと判断したのだろう。

「万姫さまは物知りですものね。私も見習って『女誡』を読もうと思います。勉強だけではなく、私はまだまだいろんなところで未熟ですから、刺繍ももっと上手《うま》くなりたいですわ」

と、追従する。

そこでやっと魅音が宮女から包みを受け取り、中身を確認して、手先で手巾を広げた。

「これは桃の花ですね。夏雲さまはどうしてこの花の刺繍《ししゅう》をしてくださったの？」

ところどころ、ぎすぎすしているが、それでもなんとなく会話が続いている。この会話を途切れさせてはなるまいと夏雲は魅音に返事をする。

「魅音さまが桃の花のように可憐《かれん》だと思ったので、桃の花にしました」

「ありがとう。では、私は、あなたに蛇の刺繍をして贈ることにするわ。あなたは毒蛇のような人ですもの。うちの庭に蝮《まむし》を放ったのはあなたなのでしょう？」

笑顔だった。可愛《かわい》らしかった。しかし斬りつけてくるような言葉であった。

麗霞も身を乗りだして「あら奇遇ね。うちにもいたの」と両手を叩《たた》く。

「そなたたちだけではない。昨日は後宮のすべての宮で蝮が見つかった。でも幸いなことに誰も死なずにすんだ。重畳重畳」

皇太后がそう言って蝮の話題を終わらせた。

死なずにすんだら重畳なのか。この後宮はいったいどれだけ戦場なのか。

贈った手巾《しゅきん》の刺繍ひとつが、争いの種になるのを目の当たりにし、夏雲は呆気《あっけ》にとられるばかりであった。「素敵なものを贈ったよ」「わあ嬉しいありがとう」と単純な話にはならないのだった。お近づきのしるしにどうぞと差しだしたものを、すかさずそれぞれに器にしたり防具にしたりして丁々発止の戦いをやってのける。

とんでもない場所に来てしまったなと思う。

「夏雲さまの国の刺繍は素朴で、自然をそのまま映し込んでいて、愛らしいわ。そしてこの……これはなんなのでしょう。海の泡に似た、白い縁取りは」

万姫がまた話を手巾の刺繡に戻した。

そこに話題を戻してもいいのか。本当に？

「私はこれを〝麗糸〟と呼んでいます」

おそるおそる返す。

「麗糸。これはあなたの国の女性なら誰でも作れるものなのかしら」

「そうですね。特殊な編み針を使って編み上げるので、道具を揃《そろ》えなくてはならないのが手間ですが、うちの宮女たちはみんなこれを編めます。糸もこのために細くて質のいいものを選《よ》り分けております」

「……ねぇ、わたくし、夏雲さまのところで刺繡を教えてもらいたいわ。こんなふうに刺繡をしてみたい。作りたいものがあるんですの」

万姫があざとい角度で首を傾げ、笑いかけてきた。ぐわっと黒目が大きくなって、もしかしたら後宮の妃嬪は、自分の意志で目の輝きの増減ができるのではと思わせた。きらっきらしている。その黒く光る目に吸い込まれるような心地で、くらっくらした。これもまた罠《わな》なのか――それともちゃんとした善人の親切なのか――。

不明なまま、けれど夏雲は「はい」とうなずいていた。

その日——皇太后の不穏なお茶会に招かれた夜に、夏雲は青蝶《あげは》に言付けて景仁宮の宮女たちに軟膏《なんこう》を渡すことにした。

宮女たちの皮が捲《めく》れるまで荒れている手が気になったので。

自分で出向いてもいいのだが、見つかると、皇太后に「うちの宮女の管理に文句をつけるのか」と憤られそうで、青蝶に頼んだ。

青蝶は気安く引き受けて出ていって、暢気《のんき》な様子で戻ってきた。

「夏雲さま、よかったです。みんなすごく感謝してくれてましたよ」

青蝶の第一声だ。

うんうん、それはよかったねと報告を聞いていたのだが、

「ついでに、蝮酒も渡せて一石二鳥で」

と青蝶の話が続いていき、若干、雲行きがあやしくなる。

「渡したの？　蝮酒を？」

「はい。作ってみたはいいものの蝮酒の手入れが尋常じゃなく面倒で。娘娘《ニャンニャン》知ってましたか？　あれって完成するまで五年くらいかかるんですって。なので手入れの方法も紙に

しるして〝どうぞ、楽しく薬酒を育てあげてくださいませ〟ってつけて、渡してきちゃった」

「きちゃったじゃないわよ。なんてことしてくれるのよ」

お茶会で美味しくお茶を飲んだ夜に、いわくのある蝮酒をお届けって――それってけっこうな宣戦布告なんじゃないのか？

「でも、あの宮には、必要そうに見えましたよ。あそこの宮女たち、みんななんだかぼろぼろでしたもん。咳《せき》がひどいとか、息がくるしいとか、嘔吐《おうと》が止まらないとか――症状はそれぞれですけど、具合が悪くなっちゃって、暇乞《いとまご》いをして退職する人が続出中なんだそうです」

「皮膚が荒れてるだけじゃなかったの？　流行病かなにかなの？」

「そこは大丈夫みたいですよ。流行病だったらまずいからって後宮の太医に診てもらったらしいんですよ。でもそういう病気じゃないって診断をくだしたものの、太医も頭を悩ましていたとか」

そこで蝮酒ですよ、と、さも、いいことをしたように青蝶が言う。ひとさし指を一本、ぴんと立て、きらきらした明るい笑顔だ。

「皇太后さまも宮女の不調に困ってらしたらしいから、喜んでくださるんじゃないですか？　皇太后さまが蝮を仕掛けてきた相手だったら威嚇になるし、そうじゃなかったらお礼になりますよ。滋養強壮健康維持その他諸々《もろもろ》すべてに良い薬酒ですもん。大丈夫です」

こんなに大丈夫じゃなさそうな大丈夫、はじめて聞いた。

頭を抱える夏雲を尻目に青蝶は意気揚々と部屋を出ていった。

そして翌日の昼になる。

水晶宮《すいしょうきゅう》の万姫が襲芳宮にやって来た。

もちろん夏雲も妃嬪《ひひん》たちと仲良くなるのはやぶさかではない。浮き沈みなく平穏に襲芳宮のみんなと暮らしていくために、夏雲は、皇太后を含めた後宮のみなさまに適度に気に入られて過ごしたいと思っている。

昨夜の蝮酒で、皇太后との仲はもう風前《ふうぜん》の灯火《ともしび》で、あきらめかけている。だからこそ、他の妃嬪とは仲良くしたい。

万姫が供として連れてきたのは三人の宮女とひとりの宦官《かんがん》だった。万姫と似た雰囲気のあでやか宮女たちと、生真面目そうなつるっとした顔つきの宦官が、縦長に連なって回廊を歩く。先に立つのは宦官で、いちいち足下を杖《つえ》でつつき回しているのは——たぶん蝮対策だろう。

どこまでも蝮が祟《たた》る。誰なんだ蝮を放った奴は。

「蝮、いないですよ」

と夏雲がつぶやくと「ならばどうしてあなたのところの宮女たちはみんな腰に鎌を下げているのですか」と宦官が食い気味に言ってきた。万姫が眉を顰《ひそ》め、前を歩く宦官の袖を指で軽く引く。

「夏雲さまに向かって失礼です。おやめなさい」

するどい声で叱責し、夏雲に謝罪する。

「ごめんなさいね。悪気はないの」

「いえ。むしろこちらがごめんなさい。前言撤回です。蝮、いないって断言できないので。蛇なんてどこにでも隠れられるから、万が一のことがあったらとみんなに鎌を持たせてるんです。その方は、万姫さまをちゃんと守ろうとされているのですね。いいことです」

彼女たちが来る前に庭も点検したし、部屋に入るまでに渡る回廊から見える範囲を徹底的に綺麗にした。それでも「もしかして」ということはある。主人のことを守ろうとする宦官、あっぱれすぎる。自分が叱られることも厭《いと》わず、主人のために夏雲にくってかかる気構えも好ましい。

夏雲は素直に頭を下げ「素晴らしい従者ですね」と宦官を見つめた。長身で、年齢は二十代後半といったところか。

「ええ。平季《へいき》は、わたくしによく仕えてくれるの」

平季というのがこの宦官の名前らしい。万姫がどことなく得意げにほのかに笑った。

「でも出過ぎた真似《まね》をたまにしでかしてしまう。平季、下がってちょうだい」

平季は一瞬だけ不服そうな顔をし——けれど万姫の後ろに下がる。

そのまま、どうということのない会話をして回廊を歩き、万姫たちを応接室に迎え入れ——。

「あら。美味《おい》しそう」

万姫は、卓上に用意されたお菓子を見つけ、にっこりと笑顔になった。花がぱっと咲いたような、見た者を心地よくさせる笑顔であった。

部屋の中央にあるのは象眼と彫刻を施した円卓で、椅子も草花を透かし彫りした美しいものである。

卓の上の皿に載っているのは、小麦を練って捻《ねじ》ったものを揚げた麻花《マーホア》に、砂糖がけの棗《なつめ》や胡桃《くるみ》、そして蜜柑《みかん》。練った小麦を蒸した饅頭《まんじゅう》に、胡麻《ごま》団子。

對国のお茶とお菓子だけではなく苑国の貴族たちがよく飲むというものも用意して、粗相がないように支度を整えている。

「すぐにお茶をお持ちいたしましょう。對国で好まれるお茶は、塩入りなんです。風変わりと思われるかもしれませんが、一度、味わっていただきたいわ」

座るようにとうながすと、宦官の平季が椅子を引き、万姫は優雅な所作で腰をおろした。夏雲も万姫の対面に座る。

「塩？　ああ、だからあなたは皇太后さまのお茶に驚いた顔をしたのね」

「はい」

「でも、お茶はあとでいただくわ。それよりわたくし、あなたにこれを見ていただきたくて」

万姫は連れてきた宮女たちに「あれを出して」と声をかける。

万姫の宮女が手に抱えていた包みを差しだした。円卓の空いている箇所に載せ、包みを開くと、なかから現れたのは男物の黒絹の上衣と下裳《したも》である。裾にはすでに見事な手技で海原の刺繡が施され、そこから金色の龍が身体《からだ》をくねらせて空へと昇っている。広い襟は別布で仕立てられた白絹で、そこにだけはまだ刺繡がない。畳まれた帯は緑青で龍紋が織り出されている。帯にもまだ刺繡はされていなかった。

「これは……？」

問うた夏雲に万姫が応じた。

「陛下のための龍袍《りゅうほう》よ」

「素晴らしい刺繍ですね。見せていただいてもいいですか？」

夏雲は卓の上の衣装に手をのばす。ひとはりひとはりの縫い目が丁寧で、美しい。

「もちろん。わたくしは陛下にお贈りする衣装に刺繍をしたいと思って、これを手がけたの」

「これ、万姫さまが？」

「ええ。……陛下のものは少府がすべてまかなっていることは知っている。それはそれとして……好きだった人に自分が思いを込めたものを身につけていただけたら嬉《うれ》しいじゃない？」

万姫が照れた顔でそう言った。

少府は衣料品やその他装飾品をまかなう役職で、佩芳帝だけではなく皇太后のものもすべて采配している。佩芳帝や皇太后が身につけているものはどれも絢爛豪華《けんらんごうか》で高価なもの。腕のある職人たちが匠《たくみ》の技を極めて作りだした贅《ぜい》を尽くした工芸品といっていい。

「好きだった人？」

首を傾《かし》げると、こちらを見る万姫と夏雲の視線が交差する。

「ええ。好きだった人。あなたは對国からいらした人だから、言ってしまうわね。あのね……私の初恋の人は佩芳陛下なのよ」

万姫が続ける。

「初恋の人……初恋の人？」

夏雲は口のなかでその言葉を転がした。

──他になにが言えるのか。

だって万姫は言った途端に目元を染めて、少しだけ唇を尖《とが》らせて斜め下に視線をそらしてうつむいたのだ。麗しい美女が恥じらいながら「初恋の人」と言うときの破壊力のすさまじさよ。

同時に、夏雲は、よくわからない衝撃を胸に受け、狼狽《うろた》えた。

かすかにひっかかれたみたいな、小さな痛み。

佩芳帝に憧れていた人は自分だけではなかったのか。

夏雲の胸にひっかき傷をつけたことに気づきもせず、万姫は再び顔を上げ、真剣に訴えてくる。

「わたくしは父が高位の官僚でしょう？　なにかと陛下とお会いする機会があったのよ。陛下は子どものときからそれはもうお美しくて、そのうえ立ち居振る舞いが他の皇子たちとはぜんぜん違った。わたくしのことを虐《いじ》めることが一度としてなかったの。他の皇子たちは、すごく……悪気なく、しつこくてわたくしは彼らが苦手だったわ」

「そうですか」

兄たちみんなの顔がぱっと脳裏に浮ぶ。悪気はなく、からかってくる兄たちの善意の悪戯《いたずら》に、夏雲もずっと苦労してきた。

「――陛下はね、そのお優しさも含めてハズレの皇子って言われていたの。玉座に辿《たど》りつける皇子だとは誰にも思われていなかった。学業も不出来で、お身体が弱くて、成人はできないかもしれないと噂《うわさ》されていて――剣や武器の扱いはてんでだめで――。それでもわたくしはあの方をお慕いしていたの。そう。わたくしだけが、あの方をお慕いしていたのよ」

大事なことらしくて二度言った。

「万姫さまだけが……」

夏雲の胸の痛みがさらに増す。

「ええ。魅音さまも麗霞さまも群王《ぐんおう》さまのことしか見てなかった。うちの父上だってそうよ。宦官を束ねる太監も、宮城で政治を取り仕切る官僚たちも、みんな群王さまにしか話しかけなかった。みんなは、群王さまが玉座につくと思っていたの」

「群王さま？」

万姫が声を潜めて、身を乗りだし、小声で言った。

「皇太后さまの実子で、佩芳帝さまの弟よ。悪賢くて嫌なやつ。いまは湖南省《こなんしょう》で暮らしてる」

顔をしかめて万姫が言った。

「湖南省？　刺繍《ししゅう》と絹織物《きぬおりもの》が有名ですよね。けっこう遠い場所ですね」

夏雲は半年前のことを思いだす。婚姻が決まり、自分で婚礼衣装を作ろうとして、あちこちから織物や刺繍糸を取り寄せた。刺繍が有名な湖南省からは刺繍糸。そのなかに、おまけとして変わった顔料が同梱《どうこん》されていた。

――その顔料がひどいものだったのよね。

染め物に詳しい叔母が「これは絶対に使えないよ」ときっぱり言って、取り下げさせるような品物であった。

そのまま使いみちが思いつかず、かといって棄《す》てるわけにもいかなくて、厳重に梱包《こんぽう》し箱に入れて封印し置いてきた。

頭のなかの湖南省の記憶を取りだして吟味していたら、

「ええ。ありがたいことに遠いのよ」

と万姫が力強くうなずく。

「ありがたいことに？」

「そうよ。いまだに政治の中枢にいる人間のほとんどが、佩芳帝ではなく群王さまこそが玉座にふさわしいと思っているの。この後宮で、わたくしだけなんじゃないかしら。群王さまじゃなく、佩芳帝が玉座についてくれて本当によかったって思ってるのは。佩芳帝は、強くはないけど、優しい人ですもの。わたくしそこを信頼している」

佩芳帝は強いんだけどなあと夏雲は思う。馬上試合で槍《やり》を交わしたので知っているなんて、言えないわけで——。

「話が飛んだわね。つまり……単刀直入に言うと……わたくし、この龍袍をきっかけにして、皇后になりたいの。協力してくれると嬉しいのだけれど？」

まっすぐにそう言われ、はい、とも、いいえとも言わず動揺して固まっていたら、万姫がふっと口元をほころばせた。

「この場で返事をしてとは言わないわ。あなたにだって立場というものがあるでしょう。でもわたくしの事情は伝えたわ」

「はい」

頬が強《こわ》ばっているのが自分でもわかる。

「というわけで、龍袍の話をしましょう。刺繍の話」

万姫は卓の上の龍袍に手をのばす。

「はい」

ぎくしゃくとうなずく。

万姫の話運びは素早すぎる。「佩芳帝が初恋です」という自分と同じ経験を持つ競争相手発覚に、落ち込んでいるひますらない。そもそも夏雲は落ち込める立場でもない。自分は、外交的に婚姻した人数あわせの花嫁で、どうせ選んでもらえるはずもないだろうし。

「見てのとおり、これは、まだ途中なの。あとは帯と襟なのよ。帯の刺繍は草花にしたい。でも、襟の刺繍をどうしたらいいか素敵なものを思いつかなくて。ねぇ、教えてくださらない？　あなたならこの襟になにを入れる？」

万姫が龍袍を夏雲に向けて滑らせた。

「襟ですか。私なら……」

気を取り直し、広めに仕立てた白い襟を見て、夏雲は考え込む。どうしようもないことで落ち込んでいるより、目の前の刺繍について思いを巡らせるほうが前向きで、いい。

刺繍を入れるなら銀糸か金糸で、龍が駆け上る先の瑞雲《ずいうん》――もしくは陽光。あるいは月光もいいかもしれない。

なにを刺繍しても佩芳帝の顔面は美しいから、負けやしない。

どんな模様も受け止める最強の顔面の保持者で――。

でも、だからこそ、いっそ――。

「なにも刺繍しなくてもいいかもしれないです。陛下はなにせお顔が整っていらっしゃるから、顔のまわりは白絹だけで、清楚《せいそ》さを際立たせるのがいいかもしれません。……というか、うん。それがきっと一番お似合いです」

龍袍を手許《てもと》に引き寄せ、広げて、襟を指で辿る。脳内でこれを着こなす佩芳帝を想像する。長い首に白い肌。冕冠《べんかん》から垂れた玉飾りと、完璧な横顔。なにかを足すより、引いていくほうが彼の清々しい美しさが際立つだろう。

「そうかしら。それでいいかしら。なんだか普通じゃない？」

夏雲は龍袍を捲《めく》って裏を見る。裏地にはなにも刺繍されていない。

「なにかを加えたいというのなら、この上衣の裏にもう一体、五爪二角の龍を刺繍するのはどうでしょう？　見えないところにおしゃれをするのって、素敵ですよ」

「裏に？　贈った側と贈られた側しか知らない秘密の刺繍ということね？　なんてこと。

あなたは天才ね」

万姫が両手で口元を覆う。

「いや。そんな」

「では、わたくし、龍袍の裏に刺繍をするわ。それでこの帯はあなたが陛下に似合う草花の刺繍を入れてくださらないかしら？」

万姫が続いて、そう言った。

「私がですか？　どうして？」

万姫が綺麗《きれい》な目をすっと細めた。夏雲を検分するように見て、続ける。

「陛下はいまだ誰にも声をかけてくださらず、龍床を訪れる妃嬪《ひひん》はいない。このままではどうにもならないから、誰かが動いたほうがいい。それで、わたくしとしては、まずは、初日に陛下に恥をかかせてしまったあなたが陛下に謝罪を申し上げるべきだと思うの」

「なる……ほど」

「でもあなたがひとりで謝罪に伺うと、そのまま、あなたが龍床に誘われるかもしれないから、そこは、けん制したいのよ」

「龍床に？　いやいや、そんなことは」

「ないとは言い切れないじゃないの。陛下は〝強い女が好き〟ってはっきりおっしゃっていたし――あなたに興味を抱いておられる。ねぇ。本当のことを教えて。あなたが陛下を一度断ったのは、陛下の気を惹《ひ》くための手管じゃなくて？」

「は？　違いますっ」

慌ててぱたぱたと手を振った。

「だったら、一緒に刺繍をした龍袍《りゅうほう》をお贈りすることにしてよ。わたくしの気持ちも伝わるし、あなたも謝罪はできる。あと、わたくしの心が広いことと、わたくしとあなたが仲良く過ごしていることが陛下と後宮に伝わって、他の妃嬪たちへのけん制になる」

すごく練られた全方位に配慮した計画に、夏雲は目を瞬かせる。

夏雲は少しのあいだだけ考えてから、うなずいた。

「わかりました。じゃあ、やりましょう」

万姫のことが佩芳帝に印象づけられるし、夏雲も謝罪できるし、それぞれ「ひとりで抜け駆け」という感じにはならないし――ふたりが当面、手を組んでいるということが後宮中に伝わる。

策士の噂が立つべきなのは、夏雲ではなく万姫のほうではなかろうか。

――まったく思いつかなかったなあ。だめだなあ、私。

「小鈴、私の部屋から紙と小筆、それに手芸の針と糸を持ってきて。万姫さまはご自身の道具は？」

そうと決めたら話は早い。夏雲の問いに万姫は「もちろん持参してきました」と即答した。

万姫の言葉に、彼女の宮女が卓の上に別な包みを広げる。なかからでてきたのは色とりどりの刺繍糸と針だ。

「なんの草花でもいいんでしょうか？　縁起がいい花っていうと桃の花ですけれど」

「桃の花はだめよ。あなた魅音さまの手巾《しゅきん》に桃の花を刺繍してお渡ししていたでしょう？　お揃《そろ》いになってしまうじゃないの」

「じゃあ水芙蓉《すいふよう》は？」

蓮《はす》の花のことを水芙蓉と呼ぶ。池に浮ぶ蓮の葉の静謐《せいひつ》さ、咲きこぼれる水芙蓉の気品のある華やかな美しさは、佩芳帝と通じるものがある。

「ぴったりね」

万姫が笑顔でうなずいた。

それからふたりは薄い紙に刺繍《ししゅう》の図案を描きはじめる。ときどき互いの手許を見たり、意見を聞いたり、それぞれの刺繍糸を見比べたりする。

話してみれば万姫と夏雲は気が合った。刺繍の腕も見事だったし、可愛《かわい》いもの美しいものに対する好みも似ている。

——なにせ初恋の人も同じだし、好きなものが似てるってことだよね。

まさかここに来て妃嬪のひとりと刺繍を共に楽しめるとは思いもよらなかった。好きなことを共に楽しんで、いろいろと話ができるなんて、最高ではないか。

自分の初恋は行動するひまもなく破れてしまうことになるのだろうけど、と夏雲は思う。

それはそれとして、気が合う友ができるのならば、後宮暮らしも、悪くないかもしれない。


ふたりは頻繁に互いの宮を行き来して、お茶を飲み、お菓子を食べ、互いの国の風習について教えあい——夏雲は帯に、万姫は龍袍の裏地に、ひたすら刺繍をした。

万姫の教えてくれる現在の苑国の皇帝周辺の話はとてもためになる。

話しているうちに、なんとなく話題は悪女の話になってしまった。

どうやらいまの夏雲は、皇太后のところに蝮酒《まむし》を持っていった悪女——と噂《うわさ》されているらしい。

「それに関しては申し訳ないなって思ってます。でもあれは身体《からだ》にいいものだから……」

うなだれて弁解するしかない。悪女ではないが、不気味がられるのは理解できる。だから、他の妃嬪にも配りたいという青蝶を、いま、全力で押しとどめている最中だった。

ちくちくちく。

万姫は、口も動かすが手も動かす質《たち》であった。ふんふんと、相づちを打って刺繍をし、

「身体にいいらしいわね。でもうちには持ってこないでくださいね？」

と釘《くぎ》をさす。

「はい」

すごい勢いで首肯する。せっかくできた後宮内のお友達である。嫌われるようなことはしたくない。

「そういえばあなた、皇太后さまの招待状に添えられた三叶草《クローバー》を馬に食べさせたっていうのも噂になっているわよ」

「それ、うちの宮女たちも教えてくれました。〝さすが悪女。皇太后さまの志ですら馬に与える〟と言われてるって。重ねて言いますが、申し訳ないけど、私、悪女じゃないですから。信じてください。私が本物の悪女なら、噂の出所を突き止めて、相手の弱みを探って、仕留めにいきます。招待状の三叶草がどうなったかを知ってるのは宦官《かんがん》ふたりだけなので、突き止めやすいですし」

もよかったからだ。


辟易《へきえき》して泣きつく夏雲だった。

突き止める気になれなかったのは「三叶草を馬に食べさせた」に関しては本当にどうでもよかったからだ。

その理屈でいくと、そのへんの馬飼いはみんな悪人で悪女だ。

「なるほど？　その考え方がけっこう悪女よ。突き止めやすいって……やっぱりあなた悪女じゃない……？　蝮を放ったのもあなただったりして……」

万姫が刺繡しながらちらりとこちらを窺う。

「違いますって。そんなの、意味ないじゃないですか。私だったら蝮なんて使いません。本気で毒を用いたいなら、蝮なんて不確かなものに頼ってはならないと思います。そりゃあたくさん放ったら派手な威嚇にはなりますよ？　でもそれだけです。特定の相手に害をなすならもっと効率のいい方法がいくらでもあります」

相づちがないなと、万姫を見る。

万姫は刺繡の手を止め、ぽかんとして夏雲を見ていた。

――あれ。もしかしてなにか間違ったこと言っちゃった？

「万姫さま、なんですか？」

怖々、尋ねる。

「いえ。かっこういいなって」

「は？　かっこういいってなんですか？」

「そのままの意味よ。いまあなた、最高に悪女っぽかったわ。あなたって悪女のふるまいができる人なのよね」

感心したように言われて、困惑する。自分はみんなが噂するような悪女じゃないという話を理論だてて説明しようとしていたのに、どうしてこうなる？

──悪女のふるまいってなんだ!?

「わたくし、物語や芝居でしか悪女を知らないけれど、悪女って、芯がしっかりしていて、流されなくて、いつもすぱっと敵を切って颯爽《さっそう》としていてかっこういいものじゃない？主役のお嬢さまやお姫さまより、悪役のほうが、たいてい楽しそうだし魅力的よね。夏雲さまって悪女が似合ってる」

万姫は、本当にうらやましそうな顔をする。

「それ、褒めてないですよね……」

うなだれてしまったが、

「褒めてるわよ。わたくしだって、なれるものなら悪女になってみたいもの。それとは別に、あなたが蝮を放ってないってことは理解したわ」

と力強く押しきられた。

だったら、いいか。

夏雲は嘆息し、首を傾《かし》げたまま、帯の刺繍を再開する。万姫も愛らしく肩をすくめ、上衣の裏に針を刺した。

「ところで襲芳宮は宦官を戻さないつもりなの？」

万姫の話はとりとめがない。でも、どうでもいい話をやりとりするのが友人同士という気がして、心地よい。益体のない会話で時間をつぶせるのは最高の贅沢《ぜいたく》だ。

「ええ。いなくても困らないんで、いいかなって。いまのところ宦官たちって、いらない噂を外に流しにいくだけなので」

蝮の件で宦官出入り禁止にしたまま、宮女たちだけで襲芳宮をまかなっている。

「噂を流しにいくだけって言うけれど——同じだけ、噂を聞き込んであなたの耳に入れてくれるのも宦官たちよ？　宦官は、ここでしか生きていけないぶん、あらゆることに通じているから——宦官たちのふるまいを見ていると、伝わる物事がたくさんある。ひとりもいないというのも、これから困ると思う」

万姫が言う。

「そういうものですか？　万姫さまのところの平季さんくらい熱心な人だったら、いて欲しいけど……」

夏雲に心酔してくれる宦官なら欲しいが、妙な噂を流すだけの宦官は不要。互いをよく知る宮女たちで手堅くまとめ、もう少し、後宮内部に通じてから、必要な人材を集めていきたい。

などと考えてしまうあたりが――對国出身の性《さが》。頭の使い方がどうしても武闘派。皇后の座はいらないと言いながら、発想と動き方が、後宮内部を制圧しようとするそれで――よくないなと、ふと反省する。兵法書ばかり読んでいるから、こうなったのか。

「うちの平季は特別よ。平季はわたくしが子どものときからずっと側にいてくれた従者なの」

「従者だったんですね。それで一緒に後宮に？」

「いいえ。一緒じゃないわ。平季のほうが、半年、早い。平季は、わたくしが後宮に入るって決まってすぐに自分で刀子匠《タオツチャン》のところにいって勝手に宦官になったの。わたくし、平季が宦官になったなんて知らなくて――後宮に来たら彼がいてびっくりしたわ。しかも皇太后さまにかけあって、わたくしの宮に来ることになって」

「え」

「對国からいらしたあなたはご存じなくても、ここのみんなが知っていることよ。平季はわたくしに忠実なの」

万姫はそこでふぅっと嘆息し「忠実すぎて、重たいの」と、真顔になった。

「重たいって……いや、だけど忠実っていいことで……は……？」

「重たいのよ」

二度、言われた。そりゃあ重たいだろうなと思ったから、夏雲はもうなにも言えずひたすら手を動かした。

そうして、夏雲は帯を襲芳宮の手許《てもと》に起き、万姫と会わないあいだもちくちくと刺繍をし続けていたし、万姫もまた同様に夏雲と会わないときも自宮の水晶宮で龍袍《りゅうほう》の裏に龍を刺繍したのだった。

縫い物に没頭する日々のなか——夏雲は、万姫の忠告を受け出入り禁止にした宦官たちを襲芳宮に戻すことにした。

しかし宦官たちはだいたいがおっかなびっくりで夏雲の側に近寄らない。うっかり見つかったらとんでもないことをされるに違いないと決めつけて、みんなして遠巻きにしている。

遠巻きなのにどこからでも夏雲を見張っているし、聞き耳をたてているのが、やたらにうっとうしい。聞きたいことがあるならこっそり聞くのではなく直《じか》に聞いてくれと思っている。隠し立てしているようなことはいまのところ夏雲にはなにひとつないので。

そんななかあえて夏雲に近づいてきたのは猪児であった。その勇気と素直さを褒《ほ》め称《たた》えたい。

「またお仕えすることができて嬉《うれ》しいです」

仕事の合間をぬって夏雲の部屋を訪れた猪児が、そう言った。

「嬉しい……？」

夏雲は猪児に聞き返す。

「はい」

猪児はかしこまった顔つきである。

——私が本当に噂通りの、小粒な悪女だったら、あなたはいま命をとられてるところだよ？

皇太后からの招待状の三叶草を馬に食べさせた件は、目撃していたのは猪児ともうひとりの宦官だけ。こと、この噂に関しては出所はふたりのうちのどちらかだ。どうでもいいことのひとつだから見過ごすことにしているが、なんでもかんでも周りに言い広められるのはあまり気持ちがいいものじゃない。

「私もあなたと会えて嬉しいわ。じゃあ、また今度もあなたの知っていること教えてくれる？　私の悪女伝説どうなってる？」

夏雲が自分で把握している「悪女伝説」はいくつかあった。それ以外の出来事を知りたかった。

「はい。蝮が」

そのひと言だけで見当がついたので「それはもう知ってる。別のやつ」と告げる。

某日——他の宮にもまだ蝮《まむし》が隠れているような気がして襲芳宮総出で鎌を持ち蝮狩りをしてまわった日があった。蝮を放ったのは夏雲であるという噂の払拭を願ってあえてそうした。しかしどうやら夏雲は鎌が似合いすぎた。しかも魅音の光輝宮《こうききゅう》の庭先で、蝮を見つけてしまったのである。他の宮にはいなかったが、一匹とはいえ見つけてしまったため退治して——結果としてそれがよけいに妃嬪《ひひん》たちの恐怖を煽《あお》った。

夏雲は、蝮の怖さを熟知していたので本気で対策を練ったし侵入経路を調べてまわった。壁とか床とか隙間があると入ってくるので襲芳宮は隙間を埋めたし、雑草も綺麗《きれい》にした。ついでに、宮殿の内務に従事する女官に「蝮を購入した宮があるか」を聞きにいった。購入記録はなく、出入りの業者もなかったそうだが、夏雲が「やたら蝮にこだわって、さらなる購入を画策している」と噂《うわさ》がたった。

「はい。別な噂というと――夏雲娘娘《ニャンニャン》が鶏の死骸に悪辣なことをしたという噂が」

次に言われ、「それも知ってる。っていうかそれ事実だからどうしようもない」と手をひらひらと振って「次」と言う。

やはり某日――朝起きたら死んだ鶏が塀の外から放り込まれて庭に転がっていたのだ。

とはいえ鶏は對国で普通にしめて食べていたので、女官に届け出て必要な手続きをしてから確認を得て、調理して美味《おい》しくいただいた。

鶏を贈ってくれた相手は、少府の記録でわかってる。魅音だった。

「あと羊も、知ってるから、情報はいらない」

と猪児より先に言う。

さらにまた某日――無残なことになった羊がごろんと門の前に置いてあったのだ。さすがに驚いたが、門の前というのが「運んで来た誰かは塀を乗り越えられなかったか。惜しい」という気がして、少し同情した。夏雲はもう手慣れたもので、流れるように諸手続きをこなして、鶏同様、命あるものを「いただいた」ので、丁寧に下準備をし、食べるつもりだった。ちなみに送り主は麗霞だった。

なのに――ふと気づいたら青蝶が羊を五等分して、自分たちの宮で食べるぶん以外には

「羊肉の美味しい調理法」を紙にしるしたものをつけて、妃嬪たちそれぞれの宮につけ届けてしまったのである。

なんてことをしてくれるんだと途方に暮れたが、万姫は「やっぱりあなたは悪女のふるまいが板についている。すごい強烈な仕返しね？」と感心し、その後も刺繡《ししゅう》をしに通ってくれているので、よしとした。

おかげで「襲芳宮はやっぱり怖い、仕返しがとんでもない」と噂になって、それ以上に大きなものは届かなかったのもいいことだ。これ以上、大きなものが届けられると調理が大変すぎるので。

完全にこれは青蝶の仕業であり、夏雲に悪女の評判がたつのはとばっちりだと思っている。

――というか私の悪女伝説の半分くらいは青蝶のせいのような気がしてきたわ？

悪女なのは夏雲ではなく青蝶だ。

蝮退治や羊の調理、調べ物と忙しいこの日々――想像していた後宮生活とちょっと違うんだよなあと思い返しているうちに、ため息が零《こぼ》れる。

――私、妃嬪っぽいきらきらした毎日と無縁だな⁉

万姫との刺繡が唯一の心の安らぎであった。

「他にはなにがあるの。なんでもいいから、言ってちょうだい。ささいなことでかまわない」

猪児の話を聞いて、宦官《かんがん》の噂なんてこんなものかと、落胆する。夏雲がひとりで調べてまわったのと、宦官たちの噂は合致している。だったらあえて襲芳宮に「まだ信用をおけない」宦官たちを束で入れなくてもよくないか？

「後は……夏雲さまのお顔が怖いと」

「それは余計なお世話ってものよ……」

低音で返すと、猪児が「申し訳ございません」とうなだれる。怯《おび》えた顔になってその場に跪《ひざまず》くものだから、切なくなる。そのくらいのことでいちいち、叩頭《こうとう》で謝罪されても困る。

そう――困るのだ。

「もっと、私が知りたいようなことを聞いていいかしら」

「はい」

「皇太后さまの招待状の三叶草《クローバー》を私が花籠に載せた話、あなたが人に伝えたの？　あの話を人にできるのは、たったふたりなの。あなたと、遠くで私たちを見ていた宦官と。小鈴も側にいたけど、小鈴は人にそんな話を伝えるような子じゃないから」

低く尋ねると、猪児が震えて「はい。奴才です」と返した。

「申し訳ございません」

顔を上げずに平坦《へいたん》な声でそう言う。

見ていて、悲しくなってきた。猪児と自分は、信頼を結ぶにはほど遠い関係だ。

――どっちでもいいっちゃあいいのよ。だいいち、自分じゃなくても、自分だと言うだろう。この子なら。

夏雲が問い詰める口調で聞いているから、謝罪する。目上の宦官になにかしらの咎《とが》を押しつけたなら、仕返しが怖いと怯え、どうなるかわからないから、とりあえず自分がしでかしたことにしそうな子ども。

「謝罪するようなことじゃない。こういう質問を謝罪で終わらせる宦官なら、私には、必要ないの」

きつい言い方になったなと、頬が引きつった。でも、これは伝えておきたい。

なぜなら彼はまだ子どもだから。

「あの話をしたことそのものは、いけないことじゃないわ。三叶草がどうなったかなんて正直なところ私にとってはどうでもいいことよ。それが悪女のしるしだっていうなら、言わせておく。いまのところさしたる害はないんですもの」

猪児は、ひれ伏したまま動かない。そうか。顔を上げなさいと命じるまで、彼は、このままかと思う。

「でも、そんなどうでもいい話にかこつけて私を悪人に仕立てようとする後宮で――情報源の少ない話をあなたが迂闊《うかつ》に人に漏らしてしまうのは、見過ごせないの。他愛ないことだからよかったけれど、危ない話だったら私だって動かざるを得ないもの」

返事はない。

伝わらないだろうか。この言い方では。

「誰に話すか――誰には黙っているべきか――誰に仕えることが自分のためになるか――考えて。私に仕えてくれっていうんじゃなくて――自分の身は、自分で守って欲しいとお願いしているの。情報を人に与えるときは、よく考えて与えてね。私から〝噂を教えてって聞いといてなんだけど……あなたはなんとなく危ういから心配で。それだけよ」

それだけというには長い話ではあったのだけれど。

こちらの危惧と心配が無事に伝わったのか、どうなのか。

床に額を押しつけたままの猪児を見下ろし、

「手」

と低く言う。

猪児は「申し訳ございません」と震える声で言って、頭を下げたまま両手を長く差しのばした。手のひらを上に向けるその姿勢は、懲罰で打たれることを前提にしたものだ。

夏雲は嘆息し、几《つくえ》の引き出しからおやつで食べようと取っておいた砂糖がけの棗《なつめ》を取り出し、

「じゃあ、またなにかあったら教えてちょうだい」

と、かがみ込んで猪児の手のひらの上に載せる。

そうしたら、猪児がおずおずと顔を上げた。棗を見て、夏雲の顔を見た。信じられないというように、目を丸くして「あの……あの」と口ごもる。

「教えてくれたお礼。これは今日のぶん。こないだ教えてくれてたぶんも、もうひとつ。さらに、おまけのひとつ」

追加して手のひらに棗を三つ載せると、猪児がうるうると目を潤ませた。

「ありがとうございます」

——いや。棗を三個で泣くとか、どういう暮らししてきたの。いままで？

やるせなくなって夏雲は「口開けて」と命じて、猪児の口のなかにひとつ棗を放りこむ。

「これは私の説教を黙って聞いてくれたぶん。口閉じて、もぐもぐして」

と言って猪児の手を引き上げると「はい」と涙目のまま、口のなかの棗を咀嚼《そしゃく》する。

食べ終わるまで、黙って側にかがみ込んでいた。

「なんかまだ私に話すことあるんなら、言ってって。なんにもないなら、それでいいよ」

「夏雲さま……あの」

「うん？」

うながしたら、猪児がきょろきょろと周囲を探ってから、夏雲の耳に口を近づける。

「これは……内緒の話です。皇太后さまは夏雲さまのことを、見込みがあるとおっしゃっておられました」

「は……？」

聞き返した。

「皇太后さまは気まぐれで、どこまでが本気なのか奴才にはわかりません。でも、そうおっしゃっていたのは本当です。それから……群王さまに、お気をつけくださいませ」

「群王さま？　だって遠い湖南省で暮らしておられるのでしょう？」

「はい。でも最近は皇太后さまと妃嬪のみなさまに書簡をたくさん送っておられます。群王さまは遠くからでもなにかができる、そんなお方です。悪女を流行《はや》らせたのは群王さまでいらっしゃる」

そこまで言ったところで、ちらりと部屋の外を見る。廊下に宦官の姿が見えた。宦官はこちらを窺《うかが》うように首をのばし「猪児っ。皇太后さまがおまえを捜しておられるよ」と大声をあげた。

猪児が慌てた顔になったから「もう、いっていいわ。あなたの忠告、ちゃんと受け止める」と夏雲は猪児にそう告げた。

猪児は拱手《きょうしゅ》して小走りになって部屋を出ていった。


そうして十日後——とうとう龍袍《りゅうほう》ができあがる。

その龍袍を手に、万姫と夏雲はふたりで交泰殿《こうたいでん》の宴《うたげ》に出向くことになった。

どうして交泰殿かというと——万姫がまず事前に皇太后にお伺いをたて、次に佩芳帝に「ふたりで作った龍袍をお贈りしたい」と手紙をしたため申し出たら、佩芳帝から「交泰殿で宴席を開くので、皆の前で受け取りたい」といった内容の返事がきたからだ。

ちなみに、交泰殿は、神事を行う場所である。

夏雲は、万姫と水晶宮で待ち合わせ、できあがった帯と龍袍を持ち寄った。仕立ても刺繡もなにもかも惚《ほ》れ惚れとする美しさで、顔を見合わせそれぞれの手腕を褒めあった。

次に万姫は夏雲の出《い》で立ちに目を細める。

「夏雲さま、今日はいつもより少しだけ胸もとを開いたのね」

そう言う万姫の襟は大きく開いている。女らしい胸の膨らみを夏雲は羨望のまなざしで見つめる。寄せたり上げたりせず、手製の布の肉饅頭《にくまんじゅう》を詰めこまなくても、谷間ができる体形はどうしたら手に入れることができるのか。

「私のこの襟はいまひとつですか？」

つい尋ねてしまった。夏雲は今日もまた寄せて上げて初代肉饅頭ちゃんを詰めている。肉饅頭ちゃんのおかげで慎《つつ》ましい感じに胸が増量したので、少しだけ襟元を広く開けた。しかし、初代肉饅頭ちゃんは胸の形にぴたりと寄り添う形の詰め物で、改良を重ねた後続の檸檬《れもん》ちゃんたちより胸は増加するが少し不自然なのである。端から見て、増量感がおかしくないかが、不安である。

「いいえ。とても凛々《りり》しくてよくお似合いになっているわ」

「凛々しい……。ありがとう」

初代肉饅頭ちゃんの力を借りてもまだ凛々しいという褒め言葉になるのか。心のなかだけでしょげかえりながらも、夏雲は気を取り直して、万姫の装いを褒め返す。

「万姫さまは今日は一段と麗しいわ。袖と裾に麗糸をあしらったんですね」

「あなたに教えていただいて、麗糸というものをどうしても自分で編んでみたくなったのよ。どう？」

万姫は褒められて、くるりとその場で身を翻して回ってみせた。裾の麗糸がふわりと揺れる。

「綺麗《きれい》に編んでいらっしゃるわ。似合ってる。最高に可愛《かわい》い」

「夏雲さまは颯爽《さっそう》とされてご立派よ」

褒めあいながら、ふたりはてきぱきと龍袍と帯をまとめ、布で包む。万姫との友情は刺《し》繡《しゅう》を通じてすっかり深まり、あれをして、これをしてと指示をしなくても、するすると共同作業ができる仲になっている。

「じゃあ参りましょう」

と、用意したふたり乗りの車に乗り込んだ。

「ただ贈り物をするだけで神事扱いってことですか」

夏雲は今日の詳細について万姫に尋ねる。

「交泰殿って坤寧宮《こんねいきゅう》と乾清宮のあいだにあるから――神事ではなくても皇后候補を集めるにはふさわしいっていうことなのでしょうね」

乾清宮は皇帝陛下が、坤寧宮は皇后が暮らす場所である。いまの後宮は皇后候補はいても、皇后が決まっていないから坤寧宮はまだ無人だ。

「わたくしたちだけではなく、他の妃嬪《ひひん》のみなさまもここに呼ばれて陛下に贈り物を届けるようにと皇太后さまが事前に手回しされたらしいのよ。ふたりだけでも抜け駆けはよくないってことなのね。ひとりで贈ろうとしなくて本当によかったわ」

「他のみなさまはなにをお贈りになるんです？」

「あなたとわたくしが一緒に龍袍を作ったのがまわりに知られてしまったの。きっと宦官《かんがん》の誰かが漏らしたんだわ」

「宦官が……」

また、宦官か。ろくでもないな宦官。

「そうよ。宮女は、主人に忠実だけど、宦官は後宮という場所に忠実なのよ。平季が言っていた。そういう平季も宦官だけどね」

万姫は苦い顔をしてつかの間、遠い目になった。

「万姫さま……？」

「なんでもないわ。ごめんなさい。——平季が教えてくれたところによると、麗霞さまは絵がお得意だから渾身《こんしん》の絵を描いて額装されたって聞いているわ。魅音さまは実は舞いがお上手だから宮女宦官たちに楽箏《がくそう》をさせて、ご自分は御前で踊るんですって。巧玲さまは奏国の翡翠《ひすい》をここぞとばかりに進呈されるって」

「奏国は翡翠が有名ですものね」

「なにを贈るとしても、負けられないわ。わたくしたちが一番先に贈り物を用意したんですもの――」

万姫がきりっとして前を向く。

情報交換も踏まえ、会話しているうちに交泰殿に辿《たど》りつく。

交泰殿の出入り口である五門は、両脇の屋根よりも門柱が高い朱塗りの大門だ。金文字の扁額《へんがく》が掲げられ、屋根は丹青の瓦が葺《ふ》かれた立派な殿舎だ。車を降りて、門をくぐると、風にのって漂ってくるのは龍香の高貴な清々《すがすが》しい香りであった。

吸い込んだ空気の味からして他とは違う。

門をくぐったところからふたりの言葉数は少なくなった。口をつぐんでしずしずと歩く。

回廊を抜け、縦横に細長い木で組み合わせた格子戸を開ける。大広間は、壁にも天井にも色鮮やかな金の龍の彫刻がちりばめられている。彼女たちの到着を待たずに宴ははじまっていたらしく、ちょうど楽士たちが音楽を奏で、魅音が舞いを献上しているところであった。淡い桜色の襦裙《じゅくん》を身にまとった彼女の舞踊は、桃の花の化身が春を呼び込むような愛らしいものであった。

皇太后が屏風《びょうぶ》を背にした椅子に座っている。その隣にいるのは佩芳帝である。

皇太后と皇帝の椅子に対面するようにして妃嬪たちの席がしつらえられていた。万姫と夏雲以外の妃嬪はすでに到着していて、遅れてきたふたりを一瞥《いちべつ》する。万姫と夏雲は優雅に一揖《いちゆう》し、宦官に案内された椅子に並んで座った。

舞踊が終わると、

「良き舞いである。魅音には褒美をとらせよう」

と佩芳帝が魅音に告げ、魅音は頭を下げて自席に戻る。

佩芳帝の横の机に据えられているのは神仙郷を描いた見事な筆致の絵であった。おそらく麗霞の贈ったものだろう。その横の深紅の絹布の上には人の頭の大きさの緑の輝きが美しい翡翠が載っている。こちらは巧玲の贈り物か。

「それで万姫と夏雲が朕に用意してくれたというのはどのようなものか」

佩芳帝の言葉に、夏雲と万姫は目配せをしてふたり同時に立ち上がり、佩芳帝の前に歩み出る。うやうやしく献げ持ち、差しだした贈り物を宦官が手に取り、皇帝に渡す。

佩芳帝は手許《てもと》で包みを開け、なかから現れた龍袍に目を見張った。そりゃあそうだろうと夏雲は思う。少府が整えたものと比べて遜色がない龍袍である。というよりむしろ少府のものより素晴らしい龍袍に仕上がっていた。龍袍ももちろんだが、夏雲が手がけた帯には、匂い立つほどに美しい水芙蓉《すいふよう》の花を縫い止めた自信がある。

「陛下の龍体のご安康とご長命を心よりお祈り申し上げます」

万姫はそれだけ言うと、一歩、後ろに下がる。その横顔が緊張のせいかやけに強《こわ》ばっている。

いざ佩芳帝の前に出ると、それしか言わないのか。そして、うつむいて、青ざめて、引き下がるのか。初恋の相手本人を前にすると、なにも言えないなんて、可愛いがすぎるのではなかろうか。

なので夏雲は普段より雄弁になった。万姫がものすごくがんばったことを夏雲が強く主張しないと。

「妾身《しょうしん》、微賤《びせん》なる身でありながら陛下に罪深き行いを致しましたことを深く反省し、謹んでお詫《わ》び申し上げます。お許しを賜りたく、至心より願い、万姫さまともども縫いました。と申しますか、厳密にはほとんどを万姫さまがお作りになりました。布の裁断も裁縫も龍袍の刺繍もすべて万姫さまがなさり、私が施しましたのは帯の刺繍だけです」

そうしたら万姫が慌てて口を挟んだ。

「そんなここここことはございません。刺繍のほとんどは夏雲さまの手によるものです。わたくしが針を運んだのはほんのわずか」

こが多い。

「なにを言うの。あなた、謙遜がすぎる。――陛下、万姫さまはとにかくとってもがんばっておられました」

どうしてかふたりは、それぞれがどれだけがんばったかの言い合いになった。

「うるさいっ。陛下の御前である」

皇太后が手にしていた扇子で椅子の肘掛けを叩《たた》いて叱責する。

「母上、よいではないですか。朕の妃嬪たちが和睦を保ち心を通わせることは、喜ばしいことだ。自らが縫ってくれたものを贈られて、嬉《うれ》しく思う。特に帯の刺繡が良い。気に入った」

自分が手がけた刺繡に目を留めてもらえて、嬉しくて、夏雲の胸がとくとくと高鳴る。

「では、そなたたちの手で、朕に羽織らせてくれ」

佩芳帝がそう言って皇太后を取りなし、立ち上がる。他の妃嬪たちが目を剝《む》いてこちらを睨《にら》む。夏雲は「はい」と佩芳帝の側に近づく。ふと見ると、万姫は固まってしまって動かない。

「どうした。万姫は顔色がよくないな」

佩芳帝が静かに言った。

「はい。恐れ多すぎて足が動きません」

万姫がうつむいて小声で言うと、佩芳帝が薄く笑う。

「可愛らしいことだ。では、夏雲。そなたの手で」

──もう。もっとぐいぐいいっちゃってくれればいいのに。万姫さまって、どれだけ可愛いのよ。

自分も佩芳帝が初恋の相手であるのだけれど、龍袍《りゅうほう》を作ろうなんて思いつきもしなかったし、本人を前にしてここまで力んで固まったりもしない。美しい顔を近くで見れば、どきどきするし、触れられたら嬉しさと羞恥で身もだえしそうになるが、それだけだ。

別に初恋の想《おも》いの量を比べるつもりはないけれど──夏雲より万姫の気持ちのほうが強くて貴いかもしれない。

そう考えたら少しだけ、悲しくなった。自分の初恋は、万姫に劣っているのかもしれない。思いの強さが違う気がする。実ることもなく、誰に打ち明けることもなく、静かに消えてしまうのも仕方ないことなのかも。

寂しいけれど──。

夏雲は胸の内のほのかな恋心の火を吹き消す勢いで、佩芳帝につかつかと近づき、龍袍を手に取る。一度、広げ、なにげなく裏を返す。自分で裁縫をするときの癖みたいなものでそこに意味はなかった。

すると――視線の端でキラリとなにかが光った。

目をこらして裏地をよく見る。

――縫い針だわ。

針が裏地の龍の刺繡された箇所に刺さっている。夏雲の針ではないことは、ひとめでわかった。なぜなら夏雲の縫い針は特注で、針頭が淡く、柑子《こうじ》色なのだ。手許で間近に見なければわからない程度の色なのだけれど。

そして、この針には、色がついていなかった。

万姫が、刺繡を施したあとにうっかり針を抜き忘れたのだろうか。

夏雲も刺繡をはじめたばかりのときは、たまにやった。刺繡の途中で誰かに声をかけられて中断して別な用事に手をつけたり、あるいは熱中してやり遂げたときに「できたー」と言ってそのまま体力尽きて倒れ込んでしまったりで、布地に針を刺したまま忘れてしまう。

――初心者がやりがちなやつ。

全身から一気に血の気が引いた。

見逃していたら佩芳帝の玉体に針で傷をつけることになったかもしれない。

そうなったら謝罪だけではすまない。見つけられてよかった。

が、みんなが注目しているなかで針を抜き取るのは、まずい。玉体に傷をつけかねないあやまちを犯したのがばれてしまう。針つきの贈り物を届ける妃嬪なんて、後ろ指をさされるだけですまないだろう。

夏雲は周囲を窺《うかが》い、気取られないようにそっと針を引き抜く。ここまでは見つからないように、できる。さてこの針をどこに隠せばと思ってうつむいて、見えたのは自分の慎《つつ》ましい胸であった。初代肉饅頭《にくまんじゅう》は、針刺しに着想を得ている。綿を布で包み込んだ丸いもの。そもそもは手近にあった針刺しを見て「これを胸に詰めたらいい」と閃《ひらめ》いて胸帯に突っ込んだのが、はじまりであった。

なので夏雲は瞬時に指でつまんだ針を襟の内側にさっと隠し、初代肉饅頭ちゃんに突き刺した。

針がそのまま深く入りこんだとしても突き抜けないくらいの厚みが初代肉饅頭ちゃんにはある。そこまでの厚みを必要としたつるぺったんな胸を持っていてよかったと、生まれてはじめて思うことができた。つるぺったんのすべては、今日このときのためだったか。

――絶対に違うけど。

「そなた、いまなにをした」

しかし佩芳帝は夏雲の動きを見過ごしてはくれなかった。

「裏地に糸くずがついておりましたので、払っただけでございます。申し訳ございません。もう大丈夫でございます」

口だけでは納得しないかもと、自分の胸もとに指を入れ、初代肉饅頭ちゃんの縫い目をたぐって糸をぶち抜く。力まかせに引きちぎった糸を、佩芳帝の目の前に突き出す。

「この糸です」

「どの糸だ？」

佩芳帝の目が、夏雲のつまんでいる糸と、夏雲の胸の膨らみらしきもののあいだを一往復した。

その後は佩芳帝の目は、夏雲の胸もとにぴたりと固定された。

──針を隠したのに気づかれた？

「あの」

おずおずと視線を上げると佩芳帝もゆっくりと顔を上げ夏雲の顔を見た。

もうごまかしようがない。ふたりの距離は近すぎた。さすがに頭のなかが真っ白になり、手が震える。贈り物に針を残して渡そうとしたなんて、今度こそ冷宮送りかもしれない。

万姫のせいだと言い張ることはできるけれど──それを夏雲は潔しとしなかった。だって夏雲も点検しそびれたという罪がある。

万姫を冷宮に送る、自分がいったほうがと思ってしまった。

覚悟を決めた夏雲に——。

「……見なかったことにしておこう。あなたのふるまいは私が隠した。私以外には見破られていないよ」

佩芳帝が小声でささやいた。

「え？」

「朕の身体《からだ》に触れることがさほどに恐れ多いか。指が震えている。強い女であることは知っていたが、可愛《かわい》いところもあるではないか。愛おしい」

佩芳帝は今度はあえてまわりに聞かせるような大きな声でそう言うと、夏雲の手を取って引き寄せた。

「はっ、え？」

何事？　と思うまもなく抱きすくめられる。

「褒美としてそなたを龍床に招こう。龍袍は閨《ねや》で羽織らせてくれ。さあ、いこう」

「はい？」

「朕の身体はひとつゆえ、万姫には後に、あらためて同じ褒美をとらせよう。母上、途中で宴《うたげ》を離れる無礼をお許しください」

佩芳帝の言葉に皇太后が満面に笑みを浮かべ「なにを無礼なことがございましょう。後宮の花を愛《め》でることも陛下の職務でございます」と返事をした。

龍袍を摑《つか》んだ夏雲は佩芳帝にほぼ引きずられるようにして広間を後にする。夏雲を見送る妃嬪《ひひん》たちは顔を歪《ゆが》ませていたり、目を丸くしたり、それぞれだ。万姫の顔は蒼白《そうはく》で、わなわなと手が震えていた。

――違うの。私、抜け駆けしようとしたわけじゃないのよ。万姫さま、信じて。

叫びたいけど、叫べない。

そうして宦官《かんがん》たちが閉じた扉で妃嬪たちの姿は、遮られ、見えなくなった。

※

ところで――。

夏雲が龍袍に残った針を見つけてじたばたと慌てふためいているときに佩芳帝の視界に入ったものは――夏雲の胸もとであった。

夏雲は己の胸もとに指を入れ、襟元を広げ、佩芳帝の目の前に自らの膨らみをはしたなくも突き出した。

佩芳帝には、そう見えた。

——宴席の場で衆人環視のもとに、彼女はいったいなにを!?

佩芳帝は咄嗟《とっさ》に自分の身体を盾にして、まわりの目から夏雲の胸もとを隠した。覗《のぞ》き込みたくて覗き込んだわけではなく、彼女の肌を周囲から隠すためにあえて身を乗りだしたのだ。皇帝は色を好むものらしいが、佩芳帝は「好む色を選びたい」派であった。

そして佩芳帝にとって夏雲は、妃嬪のなかで一番「色気」と縁のなさそうな女性であった。裏表なく、へつらう笑顔もなく常に澄ました顔をしている。強い女であることは、知っている。武に巧みで、馬に乗り、草原を走る風のような女。男たちの顔色を窺《うかが》うことなく、好きなようにふるまい、きっぱりと決断ができる女。後宮入りして即座に悪女の噂《うわさ》が立ち、愛読書は『女誡《じょかい》』ではなく『兵法書』。

彼女のそこが好ましいと佩芳帝は、思っていたのだ。

それがここにきて、まさかの肉体誇示で、夏雲はよもや乱心したかと思ったのだが——。

凝視した佩芳帝の目の前で、夏雲の胸の膨らみが、ずるっと、ずれた。

——指で押し込んだら胸が下に移動する？　そんなに自在に動く胸があるか？

「そなた、いまなにをした」

思わずそう問いかけていた。

「裏地に糸くずがついておりましたので、払っただけでございます。申し訳ございません。もう大丈夫でございます」

夏雲がしれっとした顔でさらに自分の指を胸もとに突っ込んだ。

一度は龍床の誘いをはねのけたくせにここにきてあからさまに誘惑をして――と眉を顰《ひそ》めた佩芳帝のすぐ目の前で、すでに下方にずれ込んでいた胸は次は斜め下――胸の中心から外れた方角に移動した。

――これは……。

さすがに把握した。彼女は「なにか」を胸に詰め込んでいる。

「この糸です」

と言いながら夏雲が指に糸を載せて、突き出した。

「どの糸だ？」

――胸の詰め物の糸が？

佩芳帝の目は、夏雲のつまんでいる糸と、夏雲の胸の膨らみらしきものとのあいだを一往復した。

その後は佩芳帝の目は、夏雲の胸もとにぴたりと固定された。

「あの」

夏雲が言った。

もうごまかしようがない。ふたりの距離は近すぎた。夏雲は胸に糸と布を使用した詰め物をして己の身体の形を偽っている。婚姻の儀の際に侍床を命じたときの断り文句の「嘘《うそ》」というのは、自分の胸に詰まっていた「偽りの胸」のことなのか？

そして佩芳帝は結論づける。

自分を魅力的に見せようとして努力した彼女は、けなげで愛らしい、と。

「……見なかったことにしておこう。あなたのふるまいは私が隠した。私以外には見破られていないよ」

佩芳帝が小声でささやいた。

「え？」

「朕の身体に触れることがさほどに恐れ多いか。指が震えている。強い女であることは知っていたが、可愛いところもあるではないか。愛おしい」

佩芳帝は夏雲の手を取って「今度こそ」と彼女に龍床につくようにと命じたのである。

4

前回、途中で逃げだした長い廊下を夏雲《シャーイン》は佩芳《ベイファン》帝に引きずられるようにして歩いていった。

龍床に向かうその廊下で佩芳帝は夏雲に告げた。

「ひとつ教えておくが、あなたはその姿のままで私の寝室に入ることはできないよ。宦官たちがあなたの身体をあらためて、用意した夜着を着せる。その前に、あなたのそれをどうにか隠すなり、捨てるなりしなさい」

夏雲はそれを「証拠になる針は隠すなり捨てるなりしておけ」という意味と捉えた。

佩芳帝の寝室の手前——赤に金の龍の彫刻がされた扉を開けると、部屋にいた宦官たちが一揖《いちゆう》する。

宦官たちが手に抱えているのは淡い柑子《こうじ》色の夜着や、肌に練り込む香の入った瓶などである。

——柑子色。

胸が疼《うず》いた。この色は夏雲にとって大事な色なのだ。

夏雲は佩芳帝の顔をちらりと仰ぎ見る。

佩芳帝は夏雲の手を離し、宦官たちに小さくうなずいてみせた。

「夏雲はこう見えて、慎《つつ》ましい女だ。おまえたちに帯を解かれることを恥ずかしがっている。彼女が着替えるあいだおまえたちは彼女に背を向け、その肌を見てはならないよ。夏雲の支度は最小限に留《とど》め、彼女のしたいようにさせてあげなさい」

皇帝に命じられてしまえば、そうするしかない。

「かしこまりました。お支度を整えさせていただきます」

佩芳帝が去ったあと、宦官たちは夏雲に背を向けた。

夏雲は「助かった」と心のなかでそうつぶやいて「針つき肉饅頭《にくまんじゅう》」を取りはずし証拠を隠して夜着に着替える。

——あの人は私にとっても初恋の人、なのよ。

着替える夏雲の胸中に去来したのは三年前の、佩芳帝をはじめて意識した出会いの記憶だった。

ふたりが出会った馬上試合のあの日——夏雲は兄に扮《ふん》した男装だったし、佩芳皇太子はどこもかしこも隙だらけに見えた。

対峙《たいじ》した途端に、打ち込み放題すぎてどこに打ち込んでいいものやらと一瞬迷うくらいだった。

——武に弱いっていったってここまで弱いって相当だよ？　第一皇子、大丈夫？

夏雲は馬を走らせて、どうしたものかと首を傾《かし》げていた。ここまで弱いとは思ってもいなかったくらいに、弱そうだった。そしてひどく間抜けに見えた。あんなにへっぴり腰で馬に乗る男がこの世の中にいるなんてと呆《あき》れてしまった。

一番被害が少なく、馬上で佩芳がひっくり返らない箇所を見つけて槍《やり》を振りかざさなくてはならない。見ている人たちに佩芳が無様に見えないようにと脳内であれこれ算段する。

仮にも接待試合である。相手の尊厳を踏みにじるような負かし方は避けたかった。

思いのほか、難問だと槍を掲げ、とりあえず馬をゆったりと走らせた。

まず、馬同士ですれ違うところから。

が——。

「あれ……？」

すれ違いざまに互いの差しだした槍の刃が重なって金属が擦れる鈍い音が響いた刹那、夏雲はそう声に出した。

打ちやすすぎるし、槍の当たりが軽い。こちらが押す力を察知して、先方が身体《からだ》と刃先を引いている。打ち合っているというより、むしろこれは「打たされている」といっていい。

——それに、あんな変な格好なのにずり落ちることなく身体が固定されてる?

ふたりの槍が重なり、馬上試合を見に来た對国《たいこく》の民たちと、苑国《えんこく》の大使たちがわっと声をあげる。

周囲が沸き立って——夏雲は、駆け抜けた馬の足を止め、手綱を引いて首を返す。ぐるっと回ると佩芳の馬も勝手に身体を翻してこちらを振り返るところだった。

佩芳は変わらず馬にしがみつき、槍を片手にこちらを見ている。

でも、一度打ち合ったあとは、彼のその姿を、見た目通りに「へっぴり腰」と言い切ることができなくなった。みっともない形だが体幹が崩れていない。傍《はた》からは下手に見えるのに絶妙にずり落ちないうえに、馬に負担のないように乗っている。

再度、手綱を引いてまたすれ違う。ひゅっと風を切って走り込むと、佩芳はぎりぎりのところで身体を引いて、またもや、夏雲が「打ちやすい」形を作った。誘われるように、夏雲は、相手がかざした槍の穂先目がけて打ち込む。

触れた刃のあいだで火花が散った。

夏雲が強く打っても、きちんと受け止め、はね返すだけの力量が相手にはあるのだ。

しかも、不安定な体勢でそれをやってのけている。

「弱くなんてないじゃない」

思わず漏らした夏雲の声が兜《かぶと》の奥でくぐもって響いた。

手加減をして、自分を下手に見せながら、ちょうどいいところにわざと隙を作ってこちらに打ち込ませている。しかも見せ場も作っている。これは武に巧みなだけではなく頭を使わないとできない。

――対国の脳筋の兄たちとはまったく違う戦い方で、だからみんな気づきはしないだろうけど、この人、強いよ⁉

おそらく見ている人たちの大半は彼が「この場」を演出し、夏雲の刃をうまく誘導していることに気づかない。人びとは、馬に不慣れで武器の扱いが下手な皇子だと呆れて見ていることだろう。

この器用さは、実際に、馬上でやりあわないと気づけない。

そう思ったら、ふいに気持ちが高揚した。わざと負けるとか、手を抜くとか、そういうつまらない試合ではない。これは、正々堂々と互いの技を披露してできる打ち合いだった。しかも課題は「五分五分であること」だ。綺麗《きれい》に引き分けに見せて、派手で、見応えがあるものにしようとふたりで息を合わせて行う試合なのだ。

——だったら、こっちも派手にやってやるわよ。

三度目に槍が交差し、夏雲は槍の持ち手をあえて相手の穂先に向けて叩《たた》きつけた。

佩芳の槍の刃の目の前に夏雲の柄を差しだして——佩芳はその意図を瞬時に理解し、夏雲の槍の柄をすぱりと切断してくれた。

あっけないくらいに見事な切れ味だった。

半分に切られた柄が、落下した。

夏雲は馬上で斜めに身体を傾げ、ずり落ちかけた姿勢でその柄を片手で摑《つか》みとる。

短くなった槍の刃が、野原の草の先端をざっくりと薙《な》いでいく。ちぎれた草の匂いが鼻《び》腔《こう》をくすぐる。切断された草の先端が風に舞う。

馬にすがりつく姿勢で佩芳皇子が遠くに駆けていき、切られた槍の柄を夏雲が馬上で回収したところで、試合終了の合図の角笛が鳴った。

——柄を切らせて相手に花を持たせたし、ふたりとも馬から落ちてないし、まあ、これで引き分けだと互いにちょうどいいくらい？

　夏雲は、うまくできたと内心で自分を誉《ほ》めながら、手綱を引いて、父王たちが休む天幕へ馬を駆った。

　ちらりと横を見ると、佩芳の馬も天幕に移動している。変わらずにへっぴり腰の姿勢を保っているが、もう夏雲は、佩芳のことを侮って見ることはできない。

　兄たちも父も、彼の見事さに気づいただろうか。気づいたならば、今後、彼に対してどうつきあっていくかを変えるのだろうか。わざと下手に見えるように演技をしている巧みな武の使い手。なんの意図をもってそうしているのか。

　苑国の第一皇子があえて自分を弱く見せる意味は、なんだ？

　夏雲は天幕の前に戻り、馬から降りた。佩芳もすぐに後ろを走ってきた。ひょいっと馬から飛び降りる自分とは違い、佩芳は不慣れな様子でもたもたと馬から降りていた。

「この試合、互いの力量に勝ち負けなし。五分であった。佩芳皇子、峰風《フォンフォン》。良い戦いを見せてもらった」

　父陛下が天幕の前で立ち上がりふたりの健闘をたたえてくれる。朗朗と響くその声に民びとたちがわっと沸く。たしかに互いに見せ場があった。いい試合であったことだけはたしかだ。

「この後、城で宴席の用意を整えている。積もる話は宴《うたげ》の場で」

父にさらりと言われ夏雲は「はっ」と頭を下げる。佩芳も夏雲の隣で頭《こうべ》を垂れている。

あとは佩芳が天幕に戻るのを見届ければいいだけだ。

夏雲は肩の力を抜いて、胸の前で両手を組んで礼をする。そうしたら佩芳が唐突に「手首に巻いているその布は、綺麗に灼《や》けたあなたの肌に映えて美しいですね」と、そう言って、夏雲を見た。

見た目同様、柔らかく、艶のある心地のいい声だった。

「……はい？」

夏雲は思わず聞き返してしまった。

佩芳は兜を脱ぎ、片手に持って夏雲に微笑《ほほえ》みかけ続けた。

「その刺繍《ししゅう》——すごく繊細な色合いで丁寧に刺繍されている。それは蜜柑《みかん》の木ですよね。蜜柑の花と蜜柑の葉？」

打ち合っているときに夏雲が手首に巻いている布の色を気にかけていたのか。しかも刺繍まで見ていたのか。なんという観察力。

「はい」

「蜜柑の実は可愛《かわい》らしくて美味《おい》しいのに、花は白くて可憐《かれん》だ。あなたにぴったりだ」

刺繍を誉められたのは嬉《うれ》しかった。しかし、誉め言葉すべてが夏雲の聞いたことのない類《たぐい》のもので、たじろいだ。灼けたあなたの肌に柑子色《こうじ》が映えて美しい？　蜜柑の実は可愛らしくて美味しいのに、花は白くて可憐だ。あなたにぴったりだ？

夏雲の脳筋の兄たちはこんな言葉遣いをしない。兄たちだったら「蜜柑は可愛くて可愛いから可愛いし旨《うま》いし夏雲も可愛い」みたいな言い方しかできない。

嬉しさと戸惑いが半々だった。

黒曜石みたいに輝く双眸《そうぼう》に吸い込まれてしまいそうで、夏雲はやっとの思いで目をそらし、

「ありがとうございます。その、佩芳さまのようなお顔が大変な人にそんなことを言われても」

と、男のふりをしてわざと低い声で返し――固まった。

――佩芳さまのようなお顔が大変な人って、なんだ？

「大変な人はその、大変に美しい人という意味で、つまり褒めてます」

付け足したらよけいにおかしくなった。

夏雲も残念な兄たち同様に、残念な語彙力しか持っていないことがはっきりわかった。

とにかく佩芳の顔は宝物みたいにきらきらしていた。まぶしい。こんなに美しい顔を他で見たことがない。

ところが、正視できず斜め下を見た夏雲の腕を、佩芳がさらっと手に取ったのだ。

「あなたのように素敵な人にそんなふうに褒めてもらえると返す言葉がないな」

「え」

夏雲は顔をはね上げ眉間にしわを寄せ、見返した。

けれど佩芳は夏雲の顔ではなく、しげしげと夏雲の布の刺繍を見つめている。そんなに気に入ってくれたのかと思うと嬉しくて、頬が強《こわ》ばった。兄たちのからかいが身にしみていて、夏雲は、嬉しいときに笑顔ではなく難しい顔になる癖がついている。

「気に入っていただけたのでしたら、差し上げます」

ぶっきらぼうに手首に巻いた布を解《ほど》いて渡す。あまり長く会話をすると、自分が女であることがばれてしまうかもしれない。それでも刺繍の技を褒めてくれたことに関しては感謝を伝えたかったので。

「いいのですか」

「はい。刺繍をした者も褒めていただけて喜ぶことでしょう」

「ありがとうございます。大事にします」

そう言って佩芳は、夏雲が渡した長布の刺繍を指先で撫《な》で、柔らかく微笑んだ。刺繍を見て、そして夏雲を見た。見つめてくるまなざしがくすぐったいような気がして、頬がぽっと火照った。

兜と布で顔のほとんどを覆っているから見られてはいないのだけれど、赤くなったことが恥ずかしくてうつむいてぎくしゃくと手足を動かし、

「では後ほど」

と告げて背を向けた。

それが夏雲にとっての佩芳との記憶のすべてであった。

そして夏雲は彼に恋をした。初恋だった。

彼に褒められたことで、夏雲は、もともと好きだった刺繍や手芸に熱心に打ち込むことになった。兄たちにからかわれるのが嫌で隠していたけれど、それでも――自分が可愛いものが好きな気持ちは、ずっと手許《てもと》に抱えていようと思えた。もしかしたらいつか誰かが、夏雲の刺繍や手芸を目に留め、褒めてくれるかもしれない。気に入ってくれるかもしれない。

だから、自分は柑子色が好きなのだ。

夏雲はそう思いながら、夜着を身につける。練り香を肌にまぶすと甘い香りが鼻腔をく

すぐる。──まさか覚えていらして柑子色の夜着を用意してくださったわけじゃないんでしょうけど。

佩芳帝が戦った相手は峰風だということになっている。もし佩芳帝があのときの言葉を覚えていたとしても、それを言った相手は兄だと思い込んでいるはず。夏雲にあわせて夜着を用意するはずはないのである。

だからこそ、よけいに、この偶然にときめいた夏雲である。そしてときめいたのと同じくらい胸が痛くなった。

──別の妃嬪《ひひん》もこの色の夜着を身にまとって龍床に侍《はべ》るのかしら。

嬉しいと思ったり、寂しく思ったり、夏雲の心中は複雑だった。ひとつの事象に、ひとつの気持ちがあてがわれるわけではなくて、いくつもの感情が同時にこみ上げてきて、揺れ動く。

波のように寄せたり引いたりする自分の気持ちを持て余しながら、夏雲は夜着をまとって乾清宮《けんせいきゅう》の佩芳帝の寝室に入ることになった。

佩芳帝の寝室は、着替えをした部屋の隣である。極彩色の龍が彫刻された巨大な扉の向こうだ。

「夏雲、参りました」

拱手《きょうしゅ》して声をかけて入室する。宦官《かんがん》たちの手で夏雲の後ろで扉が閉められる。

龍袍《りゅうほう》一式は宦官に点検されてうやうやしく運び込まれ、寝台横の机に置かれている。つつがなくすべてが終わったら手ずから佩芳帝に羽織らせるようにというお達しである。

しかし夏雲にできるのは名乗るところまでであった。なにもかもがはじめてなのだ。なりゆきで龍床に誘われ、どうしたらいいのかとまどいしかない。

だって相手は佩芳帝だ。初恋の相手だ。照れないわけがない。照れて当たり前だ。

もじもじとして寝台の前に突っ立っていたら——。

「いつまでそこに立っているつもりなんだ？」

寝台に座る佩芳帝が笑いかける。さすが陛下は、こういうことに慣れていらっしゃると
いうのが夏雲の感想だ。普段は玉座から見下ろして「朕は」と仰々しく言っているのに、ふたりになると、一気に距離を詰めてくるのは、なんなのだ。笑顔とか、指先とか、無駄に色っぽいのも、なんなのだ。

立ちすくんで、うつむいた。

見下ろすと、夏雲のつるぺったんな真実は夜着の上からでもすぐにわかる。どういう意図で佩芳帝が自分を許してくれたのか——針が残る贈り物を隠そうと思ってくれたのか

──問いただしたら佩芳帝は答えてくれるのだろうか。

──まさか本気で私が好みってことはないだろうし。

だったらこれは針を龍袍に残したことに対しての罰なのだろうか。でも、龍床で与えられる処罰ってどういうものだ⁉

佩芳帝が夏雲の全身を眺め、

「あなたを花に喩《たと》えるなら薔薇《ばら》だね」

とつぶやいた。

「薔薇？」

「そう。あなたは花のない薔薇だ」

「それって棘《とげ》しかないじゃないですかっ」

咄嗟《とっさ》にそう言い返してから、気づく。それは針を残した夏雲に対しての警告か？　棘しかない薔薇と針を残した豪華な刺繍の龍袍。

そうしたら含み笑いが返ってきた。

「その通り。あなたは、根を張った土のせいで、蕾《つぼみ》をつけることもできないままのびてしまった薔薇の木だ。でも緑の葉はつやつやとして──棘のついた枝も健やかで──美しい。あなたは、美しくて、しかも愛らしいよ。知っていた？」

——この人は、いつもこういう歯の浮きそうなことを言う。

はじめて会ったときもそうだった。あのときも面食らったし、いまもそうだ。夏雲の兄たちが決して言いそうもない、まだるっこしい褒め言葉が夏雲の頭をぐるぐるとかき回す。

「褒め言葉ではないですよね？」

疑《うたぐ》り深《ぶか》くそう聞くと、佩芳帝が「褒めているのに」と苦笑する。

「手をかけて、水をやり、土をかえて、優しくすれば、きっといつかあなたの木に蕾がつく。あなたの薔薇の花は何色なのだろう。——おいで」

そう続け——佩芳帝が夏雲の手を引き寄せ、寝台に押し倒した。

「……っ」

きゃあ、とか、きゃっ、とかそんな可愛い声は出なかった。夏雲は、今日に至るいままで愛らしい悲鳴というのをあげられた試しがない。驚いたときでもいつも真顔。そして無言。

でも決して動揺していないわけではないのだ。

のしかかってくる佩芳帝の重みに胸がとくんと跳ねて、頬が火照る。初恋相手の顔が間近すぎる。そして美しすぎる。あと筋肉——細身なのにつくべきところはしっかり鍛えているのが、抱きしめられると伝わってしまうんですが!?

夏雲は「殺す気か」と素直に思った。殺伐としてではなく、ほんのりと甘く、痛がゆい気持ちで唇を震わせ身体《からだ》を硬くした。

胸の前で両手を交差させ憤怒《ふんぬ》の形相で佩芳帝を睨《にら》み返す。

——初恋成就死かつ羞恥で悶《もだ》えて憤死という思いもよらぬ死因でこのまま滅してしまいそうなんですが⁉

「震えているね。そして、かたくなだ。そんなふうにされると、いつまでたっても、あなたの夜着を脱がすことができないよ」

佩芳帝は微笑《ほほえ》んで、夏雲の、ほどいた髪を優しくかき上げた。くすぐったさと、甘さに眩暈《めまい》がした。

「どうしても脱がないとだめですか」

「どうしてもというわけではないが。逆にどうして脱ぎたくないんだ？」

「私は……龍床に侍るのにふさわしい身体ではないので」

目が泳いだ。

「ふさわしいかどうかは私が決めるし、私はあなたの身体を好ましく思う」

「ありがとうございます。お世辞でも嬉《うれ》しいです」

もじもじと夜着の前をあわせ、うつむいた。こんなに近い距離で、のしかかられて、そういうことを言われると、どうしていいか本当にわからない。頭のなかも心のなかもぐるんぐるんに意味のない言葉が渦巻いている。助けて。もうやめて。殺す気か。浮ぶ言葉はすべて殺伐としたものだが、重なる肌から伝わる体温は、胸に甘い。

「どうしてもというなら私は目を閉じていよう」

「ではそうしてください」

「わかった」

という返事に安堵《あんど》の吐息を漏らす。

――ちゃんと、目を閉じてくださった。

佩芳帝の閉じたまぶたは薄い貝殻みたいで、青みがかって綺麗《きれい》だった。佩芳帝がこちらを見ないことに気をよくして、睫《まつげ》が長いなあとか、鼻の形も整っているなあとか、しみじみと観察してしまう。巧みな工芸品みたいな顔をしている。

が、佩芳帝は目を閉じたまま――夏雲の額にそっと唇を押しつけた。

柔らかい唇が触れて、離れる。

淡い微笑みを浮かべた美麗な顔を凝視し、夏雲はびくっと身体を震わせ声をあげる。

「なにをするんですかっ」

「目は閉じるが触れないとは言っていない」

佩芳帝は、では目を閉じたまま夏雲の身体に触るつもりなのか!?

つるぺったんな胸と、骨がごつごつとしている腰に。

そう思ったら、やっと現実が自分の身体に追いついた。さっきまでの羞恥とはまた別の、不安がずしっと勢いよくのしかかってきた。閨房術《けいぼう》の本というのを読んでみたし、なにがどうなっているのか知ってはいるが——本で知るのと体感はまったく別だ。だって本は、相手の身体の手触りをちゃんと伝えてくれていない。抱擁されるときの心がとろけそうな感じも、くすぐったさも——唇で触れられたときの心のときめきも——その先もすべて。

恥ずかしさと怖さとがない交ぜで、もう耐えられないと夏雲は思った。同時に、耐えられなかろうが、耐えるしかないのだと自分に言い聞かせる。

夏雲は目をぎゅっと閉じ、唇を噛《か》みしめる。おかしな形で力んで抵抗するよりは、脱力してなすがままに身を委ねるべしと閨房術の本に書いてあった。そのときのあれこれの手管については顔から火が吹き出るから、読みすすめていない。こういうのは向き不向きというのが、あるのだ。

しかし——。

「……っ」

覚悟を決めたのに、いつまで経《た》ってもその先がない。

それ以上、触れられもしないし、上に乗った身体はぴくりとも動かない。押さえつけるでもなく、体重をかけてくるでもない状況に、夏雲はおそるおそる薄目を開ける。

佩芳帝は夏雲の顔の両横に手をついて、まじまじと夏雲を見下ろしていた。

「目、閉じてないじゃないですか。陛下は、嘘《うそ》つきですね」

むっとして顔を横に向けると、佩芳帝が夏雲の頬を柔らかく撫《な》でた。

「ああ。私は必要があれば嘘をつく。皇帝だからね」

佩芳帝はそのまま夏雲の上から身体をよけて、隣に横たわる。

「正直者では、玉座を手に入れることができない。私だけではない。宮城に出入りする人間はみんな嘘つきだ。覚えておきなさい」

ひそりとしたささやきに本音が混じっているのが嗅ぎ取れる。たしかに彼は嘘つきだ。なんで剣術が下手だという触れ込みで、巧みな技遣いで馬上で夏雲を翻弄した男なのだ。なんで下手なふりをしていたのだろうと父も兄たちも首を傾《かし》げていて――。

事情があったのだろうと、苑国の後宮に入りまわりの空気を感じ取ったいまでは、そう思う。

苑国で生き抜くための――玉座に座るに至るまでの駆け引きと嘘があったのだ。きっと彼は苦労してきた。

「……はい」

「不安そうな顔をするから、今日はもう無理強いはしない。あなたの枝に蕾がつくまで、優しくしよう」

それもまた嘘なのだろうか。確認するのが怖いような気がして佩芳帝の顔を見ることができなかった。

ふと、佩芳帝が夏雲の夜着の袖を指で軽く弾《はじ》いた。脱がせるためではなく、ただ、触れたいから触れたみたという、子どもの悪戯《いたずら》みたいな気軽さで。

「あなたがその色を纏《まと》うのを見る度に思う。柑子《こうじ》色は、あなたによく似合っている」

ささやきに、夏雲の息が一瞬、止まった。

「……ありがとう、ございます」

変な息継ぎをして返事をしてしまう。

「あなたの国には一度だけいったことがある。馬上試合を、してもらった。私のためにと貸してくださった馬はとても利口で、指図することなく、勝手に、いいように走ってくれた。試合の結果は引き分けで、私に花を持たせようとして戦ってくれたのが見てとれて――ありがたかった」

佩芳帝が夏雲の髪を撫でながら、ささやいた。

「はい」

「試合の後で、塩辛いお茶を飲ませてもらった。汗を掻《か》いていたから妙に美味《おい》しくてごくごく飲んだ。私だけではなく皇子たちもみんながあれを飲んでいるのを見て、對国の王家は飲み物に毒が混じることを怖《おそ》れる必要がないのだろうと、そう思った。苑では、毒の混入を怖れて強い味のお茶はたしなまない。あなたの国が、少しだけ、うらやましかったよ」

「……はい」

「宴《うたげ》の席では馬鹿みたいに強い酒をたんと飲まされた。羊の肉を焼いたものがとても美味しいと言ったら、あなたの兄さんたちが私の皿に羊肉を山のように載せてくれて――これをつけるともっと美味しいとやたらにからい香辛料をふりかけてた」

「ごめん……なさい」

「いいんだ。楽しかったから。――あなたの兄さんたちは、野菜も添えて食べると怒られないから野菜も食べろとこっそり耳打ちしてくれたよ。あのときは聞きそびれたけど、野菜を添えて食べないと怒る人がいるの？」

「母が……」

「そう。對国の王妃は、息子たちが野菜を食べないと怒るような人なんだね。なんだかとても〝らしい〟気がする。あなたの国でもてなされたのはとにかくとても心地がよかった。みんなで毎日食卓を囲んでああやって話しながら食べているんだろうなと思って――それもやっぱり、うらやましかったな」

佩芳帝が小さく笑う。

「はい」

「あなたに触れてはならないのなら、せめて、あなたの話を聞かせてくれないか」

そう言うけれど、佩芳帝はずっと夏雲の髪を撫で、触れ続けている。あやすように梳《す》いて、くるくると指に巻きつける。でもそれを指摘したところで、どうにもならないのだと思う。正直者では、玉座を手に入れることができないとさっき聞いたばかりだ。

「どんな話をいたしましょう」

「あなたが好きな人の話を」

好きな人。いま隣にいる人が好きだと思う。思うけれど、そんなことをここで告げたら恥ずかしさで悶死《もんし》できる自信があった。

「家族が、好きです。それから後宮についてきてくれた宮女たちのことも大好きです。特に小鈴《シャオリン》は、私が小さなときからずっと側にいて、一緒に大きくなったから――」

「うん。他にはなにが好き？」

「馬が好きです」

「對国の人たちはみんな馬のことが大好きだね。馬のどういうところが好きなのかな」

「気持ちが伝わるところ……かしら。私が厩舎《きゅうしゃ》でひとりで泣いていると、馬たちがみんなで寄ってきて、かわるがわる私の顔を覗《のぞ》き込むんです。舐《な》めたり、頭を擦《こす》りつけたりして、私のことを慰めてくれる」

ぽつぽつと他愛のない思い出話をする。佩芳帝は聞き上手で、ときどき優しい相づちを打って、夏雲の話に耳を傾けてくれる。夏雲の話が途切れると、佩芳帝自身が好きだったものや人の話を教えてくれた。交互に自分の好きなものの話をしているうちに、とうとう兄と父には内緒にしていた「刺繡《ししゅう》や手芸が大好きで」という話まで打ち明けてしまった。佩芳帝は夏雲をからかったり「それは可愛《かわい》い趣味だね」などとは言わず「そう」と小さくうなずいてくれた。

ゆったりとした穏やかな時間が流れていった。

どれくらいの時間が経ったのか――。

「あなたの国は美しかった。平原に昇る朝日が空を桃色と赤と金に染め上げていた光景も――地面の土を巻き上げて吹く風が丈の長い草を揺らすなかを、馬がいななないてたてがみをなびかせて疾走する様子も、なにもかも。私はあなたの国がとても好きだよ」

うっとりした言い方で佩芳帝がそう言った。

「ありがとうございます」

「あなたも」

「私も？」

「美しくて強くて、でも弱くて脆《もろ》い」

「弱くて脆い……？」

それは、自分が佩芳帝に最初に抱いた感慨だった。弱くて脆くて綺麗な皇子。戦ってみれば、彼はむしろ、強くてしたたかな戦い方をする皇子であったのに。

「花を咲かせたがらない薔薇《ばら》。──私は、あなたの花が咲くのを根気よく待つつもりでいるよ」

佩芳帝は夏雲の髪をひとすくい指で持ち上げ、そこにくちづけて、笑った。

夏雲はそのまま気を失ってしまいたくなったが──歯を食いしばって、耐えた。

佩芳帝は笑みを深め「なんていう顔をするんだ」とたしなめるように言う。

どういう顔をしているのだ自分は、と、唇を引き結び佩芳帝を見返す夏雲だ。どうせ生真面目な顔をしているに違いない。あるいは「悪女だ」と噂《うわさ》されるような凶悪な顔をしているのかもしれない。

「そんな顔をさせるようなら寝台から抜け出よう。可愛い人」

どのへんが可愛いのかを問い詰めたいが、きっとわけのわからないことをいくつも言い返してくれるだろう未来が見えたので、やめた。だって佩芳帝は、馬上試合の相手の皇子にすら歯が浮きそうな褒め言葉を返すような人なのだ。その言葉に「やられ」てふわふわして恋に落ちた経緯は経緯として――あのとき佩芳帝が褒めた相手は「兄の峰風」だ。なんで皇子相手にあんなことを言ったのだろうと、ぼんやり疑問は抱いていたのだ。衆道趣味があるのかとすら思っていた。

が、後宮に来て、短い期間で次々と褒められて、合点する。佩芳帝は、単に、褒め言葉が泉のように湧いてくる舌の持ち主なのだ。誰が相手でもいいところを見つけて褒める人間というのがまれにいる。佩芳帝はそれに違いない。

「おいで」

佩芳帝が起き上がり、夏雲の腕を引き上げる。寝ていただけなのに、身体《からだ》を硬くしていたせいか全身が強《こわ》ばっている。足に力が入らずに、へなへなとその場に崩れ落ちてしまいそうだった。

しかもなにを思ったか佩芳帝はいそいそと自分の服を脱ぎだした。鍛えられた裸体が露《あら》わになる。しなやかな身体は純粋に造形として美しくて、自然と目が釘付《くぎづ》けになる。

「へ……陛下。いったいどうしてお脱ぎになるのですか」

「あなたに龍袍《りゅうほう》を羽織らせてもらう約束だった。脱がないと、着られないからね」

目に毒だ。慌てて視線を引き剝がす。羞恥が頰を染め上げて、耳まで熱い。

てきぱきと脱いでいって、てきぱきと下着を整えていくのを見て慌てて龍袍を持って背後に立つ。広い肩にそっと龍袍を羽織らせると、袖に腕を通し、帯を手に取ってしゅるっと胴に巻いた。

「これは私だけで作ったものではございません。ほとんどを万姫《ワンチェン》さまがお作りになって、私が手がけたのは帯の刺繡だけです。わ、私だけで陛下に羽織っていただくのは申し訳なくて……どうか万姫さまにも私以上の加護を……」

抜け駆けてしまった。ぜんぜんそんなつもりはなかったのにと悔やみながら佩芳帝の背中に向かって訴えると、

「万姫のことをそんなに気にかけるとは――夏雲は優しく、慎《つつ》ましいね。だが、私は、帯の刺繡が一番気に入っているんだ。これはあなたが刺繡したものなのだろう？」

と返事があった。強い女だが可愛いとか。優しいとか慎ましいとか。普通にしているだけで勝手に、いいように誤解してくれる佩芳帝に夏雲の胃が痛くなる。

「はい……ありがとうございます」

「もっと他にも朕の衣装を作ってもらえたら嬉《うれ》しい。……そうだ。こうしよう。あなたに朕の衣装係の責を与えよう。あなたは衣装を見ているとき幸福そうな顔をするから」

「え……」

「断るのは無礼である。あなたにできるのは拱手《きょうしゅ》をして〝謹んで衣装係の任を拝命いたします〟と言うことだけだ。それ以外の言葉は聞かないよ」

佩芳帝がいかめしく言った。

つかの間、考えた。しかし言い逃れられる術《すべ》は見つからなかった。

しかも佩芳帝は、

「ついでに馬に乗って後宮を歩く許可も与えよう。あなたはそっちのほうが喜びそうだからね。月に一度、事前に移動する道を申請してくれるなら許可を与える」

と付け加えた。

それは、嬉しい。そして夏雲のことを実によく理解してくれている。

結局——。

「……はい。謹んで衣装係の任を拝命いたします」

夏雲は拱手をし、そう述べたのであった。

そして翌日――夏雲と小鈴は許可を得て、厩舎に向かった。

夏雲だけではなく、襲芳宮《しゅうほうきゅう》の宮女たちも、一回につきひとりなら乗馬を許してくれるというので小鈴を連れていった。厩舎は、四季折々の花が植えられた御花園のさらにはずれの西にある。

乗馬を許されるのは、夏雲たちにとってはことのほかありがたい褒美であった。

曇天の鉛色の空があいにくな天気だったが、雨じゃなければなんでもいい。

夏雲は厩舎から、愛馬である谷風《たにかぜ》を連れ出し、またがった。谷風に「ぐるっとそのへんをまわって、それから、私たちが暮らしてる襲芳宮を見せようね。みんなが谷風に会いたがってるからね」と話しかけながら歩きだす。

小鈴も馬の手綱を引いて、夏雲のすぐ隣にくつわを並べる。

まず最初に厩舎の側の土の道を少しだけ早駆けさせ。整地されていない雑木林が続き、さらに進むと、途中で進行方向の右手に川が流れている。さらに進むと山もあるらしいが、そこまでは行かない予定だ。岩肌を流れ落ちる滝もあり、そこで御花園から北に行く道筋は途絶えているので、万が一、道に迷っても滝が見えたら回れ右をして戻ってくればいいと佩芳帝が教えてくれた。

今日行くのは川を見るところまで。

「この川、なかったものを後宮のなかにわざわざ作ったんですってね」

せせらぎを見て小鈴が言った。

「そうみたいだね。もとはなかったのに、土を掘って大河からわざわざ水を引いたって聞いた」

夏雲が応じる。

「お金と人手の使い道、間違ってませんかね。池と花園まではまだわかるんですよ。綺麗《きれい》だし。でも、川を作るとなるとびっくりです。さらに山を作って、滝を作るのは、やり過ぎじゃないでしょうか」

小鈴が苦言を呈す。

「やり過ぎといえばそうだけど。山と川と滝は、かつての皇帝が寵愛《ちょうあい》した妃嬪《ひひん》が懐郷病になったときに、彼女の故郷を作った結果なんだって、陛下が教えてくれたよ。それだけその寵姫《ちょうき》が、愛されてたってことだよ」

答える夏雲の声に、若干、うらやましさが滲《にじ》んでしまった。

「夏雲娘娘《ニャンニャン》だって陛下に愛されてるから、そのうち作ってもらえますよ。草原」

小鈴がふいに言う。

「き、急になに言ってるのよ」

「急にがだめなら、じゃあ事前に確認してから言いますよ。よく聞いてください。――娘娘、陛下に愛されてますよ。だって馬場以外でも馬を走らせてもいいって言わせたじゃないですか。〝たいしたもんだ、さすが悪女〟って、今朝、通りすがりに宦官《かんがん》たちにも言われましたよ。そのうち陛下は、對《たい》の国の草原を作ってくれますよ」

「それって悪女に関係ないよね」

「そうですね。でも、もう、娘娘がなにしても〝悪女〟ってついてくるようになりましたからね。二つ名なのかなって思うことにしました。なんでもいいですよ。娘娘が陛下に愛されてるならそれで」

嫌な二つ名だなと思う。しかもどれもこれも小粒な悪女すぎるので。本当に早く返上したいと考えながら、夏雲は小鈴に返事をする。

「気にかけてもらってるのは、認める。でも愛されてるわけじゃないわよ」

そうしたら、小鈴が隣でくすくすと笑いだした。

「なによ。なに笑ってるの」

「娘娘、陛下の話をすると、すぐに耳が赤くなるから可愛いなあって。さっきから、真っ赤ですよ！」

夏雲は慌てて小鈴から見える側の耳を片手で覆う。

「いまさら隠しても遅いですって。ここに峰風皇子さまがいらしたら、すごくはやしたてますよ。陛下のこと話すと、最近いっつもそうなんだから。娘娘が佩芳陛下のこと大好きなの、ばれっばれですもん。それに、正直いうと、私たち、安心したんです。娘娘が、好きでもなんでもない人のもとに嫁ぐのは切ないなって思ってここについて来たんです。好きな相手に、好きになってもらえるなら、なによりです」

すぱっと言われ、もうなにも言い返せずにうつむいた。

「娘娘は自分のことを無表情で可愛《かわい》げがないって思ってるようですけど、そんなことないですから。無理に笑顔を作ることはないけど、本当に嬉しいって思った瞬間だけ、そりゃあもうぴっかぴかに幸せそうに笑うんですよ。知らないでしょう？」

知らなかった。自分は幸せそうに笑うことがあるのか。

「すぐに笑いが引っ込んじゃうから、貴重なんですよ。娘娘のその顔が見たくて、對の皇子たちはみんな躍起になって娘娘をかまっていたんですから。きっと陛下も、娘娘の笑顔をどこかで見たんでしょうね。それでまた笑ってもらいたくて、躍起になってるんじゃないですか？」

小鈴がからから言い方で続ける。

「そんなわけ……ないじゃない。私、陛下の前で笑ったことなんてないもの。それに私の笑顔、呪われた人形みたいだって皇太后さまが」

「あれは作り笑顔だから。あれはね、まずいです。私たちだって、あちゃーってなるくらい不気味な顔でしたからね」

小鈴が苦笑した。

「でもね、娘娘の本物の笑顔は、ぴかいちです。見ると、自分だけの特別をもらった気持ちになっちゃうんですよ。なかなか見られないから、宝物にしたくなる」

「笑顔に本物も偽物もないでしょう?」

小声で返す。

「ありますよ。愛想笑いとか追従の笑いとか、いろいろありますとも。陛下はそういうのに飽き飽きしてらっしゃるんでしょうよ。苑の国で上に立つ方ってみんなにおべんちゃらばかり言われてそうですしね。偏見ですけど!! それに陛下ってちょっと性格が面倒くさそうなお方ですもん」

「面倒くさくなんてないわよ。お優しい方よ。この国で皇位につくのに私なんかにはわからないような苦労をされてきた方で……生きていくのに必死だったんだと思う。きっといろんなことを我慢してきた、かわいそうな人なのよ」

咄嗟《とっさ》に言い返したら、小鈴がまたくすくすと笑った。

「やっぱりよっぽどお好きなんですよね？　面倒くさそうなあのお方が」

「だから、面倒くさくなんてないわよ」

「いま、耳だけじゃなく、顔全体真っ赤になってますよ」

結局――。

「もうっ。わかったわよ。そうだよ。私、陛下のこと、す、好きよ。それでいいっ？」

「いいですよ。すごく、いいです」

「いつまで笑ってるの。いくよ。これ以上、いまの話したら、私、怒るからね」

夏雲は背筋をのばし、谷風の歩みをわずかにはやめ、先を急いだ。小鈴が笑いながら、夏雲の後ろをついてきた。火照っていた頬を風がなぞり、羞恥で燃えていた耳や頬が少しずつ冷えていく。

――愛されているのなら、もう少し、扱いが違うんじゃないだろうか。

考えているのは、そんなこと。

愛とはどういうものなのか。その場だけの甘い言葉や優しさではなく、もっと真摯な「なにか」があるのではないだろうか。佩芳帝のいまの宮城での立ち位置のようなものの説明や、政敵について教えてくれるとか。

──皇后になったら打ち明けてくれたりするのかな？

愛おしい、可愛いという言葉は本気のものだと伝わっているけれど、それだけでは足りない気がする。優しい褒め言葉はたくさんもらった。触れられると胸がときめいた。でも、まだ佩芳帝は、夏雲に差しだしていないものがあるように思えるのだ。

彼は孤独で、強い人。

その強さまるごとすべてさらけだして、馬上試合の打ち合いのときのような激しさで、夏雲に向き合ってくれればいいのに。彼の胸の内側に隠し持つ鋭い刃ごと、夏雲に突きつけて欲しい。

──という考え方がやっぱり脳筋？　なんで私の愛の天秤《てんびん》、戦うこと込みで測ろうとしちゃってるんだろう？

ぐるんぐるん思いあぐねながら──石畳の道に辿《たど》りついた。

妃嬪たちが暮らしている宮が石畳の道の左右に整然と並んで立っている。御花園のあたりは人通りもまばらだったが、南に向かって進むと宦官たちや宮女たちの姿が多くなる。地位の高い宦官は、前後に従者をつけ、籠に乗っている。

いま考えても仕方のない愛については、あっちに置いて、と思う。夏雲はよく「仕方ないから、あっちに置いて」と思考を一時中断しがち。脳筋なので。

馬に乗ると視線が高くなる。そのせいか、いままできちんと見ていなかったいろいろな光景まで目が届く。

たとえば——後宮の宮女たちにもけっこうな割合で「若くない」宮女がいるのだなということ。ずっときらきらした人たちばかり見てきたような気がしていたから、ほっとする。世の中には多種多様な人がいるということを目で見て思いだせるというか。

でも、と思う。

景仁宮《けいじんきゅう》の門をくぐる宮女たちに年配の女性の割合が増えたような気がする。

以前、入ったときは小柄で若い宮女しかいなかったのにどうして突然こうなった？

——皇太后のところの宮女たち、みんな入れ替わっちゃった？

流行病ではないと言っていたが、宮女たちは体調不良で退職していったのだろうか。

※

夏雲が衣装係となった噂《うわさ》で持ちきりとなったその日——水晶宮《すいしょうきゅう》の夜である。

万姫は椅子に座り、宦官の平季《へいき》に爪の手入れをさせていた。

宮女たちはみんな出払っていて、万姫と平季のふたりきりだ。

傍らの几《つくえ》に乗っているのは群王《ぐんおう》からの書簡と贈られた本。群王のことは大嫌いだったが、贈られた物語はおもしろく読了した。悪女の物語という選択に失笑しつつも、楽しく読んだのは、もともと万姫はこの手の物語を好んでいたからだ。

——他の妃嬪たちにも本を贈ったって聞いている。悪女という概念をこの後宮に流行《はや》らせたのは、遠くにいる群王よ。

そういうところが昔から大嫌いだったっけと思いだす。群王は、自分の手を汚さず、人を動かして、ひどい目に遭わせることのできる男だった。

「平季、この本に、毒蛇がでてくるのよ。特定の匂いを覚えさせて、その匂いがする対象に嚙《か》みつくように躾《しつ》けられた毒蛇が、妃嬪に嚙みつくの」

蝮《まむし》を手当り次第に放つより、賢い手法だ。群王は、蝮を放った誰かにこの本を贈ればよかったのに。

「さようでございますか」

平季の返事は淡々としている。

平季は万姫の側の床に跪《ひざまず》き、その足下に湯を張った盥《たらい》を置いていた。湯に浸した綿花で万姫の爪の甘皮をふやかしてその指を一本一本丁寧に拭う。傍らにあるのは爪を磨く鑢《やすり》に、甘い匂いのする香油、爪を染めるための染料と細い筆だ。

平季は次に、万姫の指に香油を塗った。それから細い筆を手にして、爪に色を塗りはじめる。万姫の手首をそっと支え、慎重に筆を動かす宦官のうなじを、万姫は見るともなく見つめている。

「わたくしは夏雲さまに負けたのかしら」

平季は筆を置き万姫の顔を見上げた。

「いいえ。万姫さまは誰にも負けておられません。ただ夏雲さまがいま一番の寵姫《ちょうき》だというだけです」

万姫は、手首を握りしめる平季の指先をぼんやりと見下ろす。

――負けたって言ってくれていいのに。むしろ負けたって言って欲しいのよ。

「お心を強くお持ちください。まだ、皇后選びは、はじまったばかりです。夏雲さまが寵姫になったとしても皇后になるとは限りません。皇太后さまをごらんになっていればわかることかと思います。先代帝は皇太后さまではなく別の妃嬪《ひひん》を愛された。それでも皇后に据えたのはあの方です。後宮では、政治が愛に勝ります」

――そこが、嫌。

口に出さず呑《の》み込んだ。

愛だけで勝敗が決まればいいのに。好きか嫌いかのそれだけで物事がおさまればいいのに。

そうやって口に出せたらいいのに。

「万姫さまはこの後宮で一番お美しく、賢い妃嬪でいらっしゃいます。あなたのお立場が揺らぐことはございません。陛下がお選びになるのは万姫さまですよ」

真摯な目でそんなことを言ってくる平季に、万姫は苦笑する。

「わたくし、おまえにそう言われるのが一番嫌なの、わかっている？」

「お嫌ですか？」

「ええ。とっても嫌っ」

けれども平季に黙って手を柔らかく握ってもらっているうちに、焦りや怒りや不安がすべてなだらかになっていく。

だから、万姫は、平季の手を振りほどかない。

——忠実な、わたくしだけの宦官《かんがん》。

万姫は小さく息をつく。

——わたくしの初恋は陛下で、でも二度目に好きになったのはおまえなのよ。わかってる？

従者としてずっと側につかえてくれて、万姫が後宮に嫁ぐと決まった翌日にはさっさと

宦官になって、早めに後宮で働きだして無理やり万姫の側におさまってしまったこの男は
——自分は惜しみない愛を献げるくせに、万姫からの愛はしれっと突き返す。

「覚えてる？　わたくしが十四歳のとき、おまえはわたくしの家出につきそってくれたわ。ついてこなくていいって言ったのに、お金を持ってつきまとって、わたくしに声をかけてくる男たちみんなを殴り倒して、屋台のご飯を買ってくれて、一緒に食べて」

「覚えてますよ。でも、一緒には食べてません。万姫さまにだけ食べていただいたはずですよ」

「饅頭《まんじゅう》を割って、半分、あげたわよ」

「そうでしたっけ」

「そうよ」

あの日、万姫は、平季のことが好きになった。

だからなにもかもを覚えている。

籠のなかで大事に飼われているような暮らしが嫌になって冒険がしたいと思いたち、こっそり家を抜け出した。

万姫の後ろをただついてきてくれたこの従者は、万姫が欲しがった花を買って万姫の髪に挿し、柄の悪い男たちを殴り倒して追い払い、怖かったと泣きだした万姫の涙を拭いて

なだめてくれて、空腹になった万姫のために屋台で肉饅頭《にくまんじゅう》と美味《おい》しい羹《あつもの》を買ってくれた。

万姫は、もらうだけでは嫌だと、半分に割った饅頭を平季に渡した。自分はいらないとかたくなに拒絶するから、だんだん腹が立ってきて、万姫は饅頭を無理に平季の口にねじ込んだ。

「……おまえ、あの日、わたくしが家を出るのをわざと見逃してくれたでしょう？　知ってるんだから」

だって、最初から、ずっとすぐ後ろをついてきていた。連れ戻されると身構えて走って逃げた万姫の後ろを、付かず離れず、ずっとついてまわってくれた。守ってくれた。

「おかげでたくさん冒険ができたわ。楽しい一日だった」

「半日でしたよ。たった半日」

ぼそりと修正されて、万姫は苦笑する。

その半日が万姫にとっては充分に、家出で、冒険だったことをこの男は認めてくれない。

「おまえがわたくしを無理に連れ帰ったからよ。本当だったらもっと長く外にいられたのに」

「はい。申し訳ございませんでした」

「でも半日でよかったのよ。おまえは家に戻ってからお父さまに叱られて鞭《むち》で打たれてたわ。あれが一日とか二日だったら、おまえは殺されていたかもしれない」

「そうだったかもしれませんね」

「そうよ」

平季は、再び筆を手に取って万姫の爪に色を載せはじめた。

ふたりのあいだにある沈黙は甘やかで、包み込まれるようなものだった。居心地がよすぎて――だからかえって静寂を壊したくて、万姫は唇を開く。

「ねぇ――わたくしこのあいだ陛下の龍袍《りゅうほう》に縫い針を残してお渡ししたの。悪女になろうと思いきってみたの。夏雲さまのせいにして、彼女を陥れる計画だった。でも、どうしてか針はなくなってしまったんだわ」

小声で言った。

夏雲が龍袍を手渡し、夏雲が粗相をしたのだと糾弾され――佩芳帝の寵愛《ちょうあい》と信頼を失うというのが万姫が思い描いた計画だった。

――それが、いつのまにかわたくしが残した針がなくなった。

なにがどうしてそうなったのか――夏雲は佩芳帝の加護を受けただけじゃなく、衣装係を拝命した。妃嬪が、皇帝のために役職を得るなんて前代未聞のことである。

「はい。存じております。万姫さまは、龍袍の裏にわざと縫い針を残しておられましたね。

あの日、夏雲さまと待ち合わせる前に龍袍をお包みしたのは奴才でございます。龍袍の表裏を細かく見てからお包みいたしました。針が残っているのは確認しておりました。その後も万姫さまのお側《そば》で様子を見ておりました。万姫さまは針を抜こうとされませんでした」

万姫が誰にも言わずにひとりで画策した悪巧みなのに、やっぱり平季は知っていたのだ。平季にはなにも隠せない。

「あなたは裏地の針を見つけたのに、それでも抜かなかったの？　わたくしに忠告しなかったの？」

「意味があると、思いましたので。万姫さまは、そのようなあやまちをされるお方ではございません。針があるのなら、わざとだと思いました。それに、もし、わざとではなく、陛下に咎《とが》められることになったとしても——そのときは奴才が針を置いたのだと言い立てて、我が身を投じればそれですむことでしたから」

罪を問われたら自分が犠牲になるつもりだったのだと、さらりと怖いことを言う。

「やめてよ。わたくしを残して死ぬなんて許さない」

「……はい」

「わたくしはあの場でとてもみっともなかったでしょう？　陛下にお答えする声もうらが

えっていたし、がっかりしたのではなくて？」

「いいえ。陛下のためを思っている初々しい妃嬪のふるまいにしか見えませんでした。素晴らしい演技でした」

これだから、と万姫は思う。

――おまえがそんなふうだから、わたくしは柄にもなく悪巧みをしてのけたのよ。

群王が贈ってきた物語に悪女が出てきたものだから。

それがうまくいけば競争相手の妃嬪をひとり貶《おとし》めることができて。

あるいは画策がばれて、自分が冷宮送りになったとしても、それはそれでかまわないと自棄《やけ》になって。

ここでどう過ごしていても自分には「宦官になってまで自分に仕えてくれた」平季と添い遂げる道がないのだし。

なにをやっても絶賛する宦官は、万姫のさらしたみっともなさまでも褒めたたえてくれる。呆《あき》れる。

――おまえの愛の重さがわたくしを追い詰めているの。

この愛の重さから逃れるために、悪女になろうとしてみた。

――なれなかったけど。

そう思って睨《にら》んでいたら、平季が笑顔になった。

「頓挫してよかったと思います」

「なぜ」

「夏雲さまが罪に問われて糾弾され、冷宮送りにでもなったら、万姫さまは耐えられなかったに違いありません。万姫さまは悪巧みに向いていない」

「わかってるなら、わたくしに向いてないことを、させないで。わたくしを皇后にしたいって言わないで」

「そういうわけにはいきません。それに万姫さまも、佩芳帝はお優しくて不器用なかたでいらっしゃるから、誰かに支えてもらわなくてはならないと心配されているのでしょう？　万姫さまならどんなことでも立派にやり遂げてくださる。皇后になってくださいませ」

平季は万姫の爪を丁寧に染めていく。磨かれた長い爪が、きらりと赤く光る。

平季が持ち込んだ香油の甘い匂いが部屋に満ちていく。

「おまえは本当にわたくしが皇后になれると思っているの？　夏雲さまって、思いきったらすぱっと本物の悪女になれるような方だとわたくしそう思って見ていたわ。わたくし、自分が、あの方を押しのけて皇后になれるとは思えない」

「なれるかどうかではなく、奴才は、あなたさまを皇后にするために後宮に参りましたので──そんなものになりたいわけじゃないのよ。ここでおまえとこんなふうに過ごしていられればそれでいいのよ。

この話題はいつも堂々巡りで終わる。

と──。

閉じた扉の向こうで宮女の声がする。

「万姫娘娘《ニャンニャン》」

少し間を置いてから、宮女は薄く扉を開けてなかをのぞき込んだ。万姫と、傅《かしず》いて爪を塗る平季を見て、宮女はほっと小さく息を吐いてから入室する。

「襲芳宮の夏雲さまがいらっしゃいました。お渡ししたいものがあるとのことです」

「夏雲さまが？　わたくし、気分が悪いの。物だけを受け取ってお引き取りいただいて」

「それが……どうしても万姫さまに直《じか》にお渡ししたいとおっしゃるのです」

「わかったわ。お通しして」

万姫は嘆息と共にそう応じる。平季が爪を塗る手を止め、顔を上げたのに「そのまま、続けて」と声をかける。

宮女に案内されて、夏雲が、姿を現した。

袖と襟に麗糸《レース》の縁取りを施した花緑青の上襦《じょうじゅ》は水仙を織り出したもので、帯は番紅花《サフラン》が刺繍《ししゅう》されている。裙《くん》は鮮やかな朱赤で領巾《ひれ》は白。ひとつひとつが主張する強い色合わせが、夏雲の持つすがすがしさをかえって際立たせている。

夏雲がつかつかと歩いてくる。夏雲はいつも姿勢がいい。きりりとした顔つきで、颯爽《さっそう》と歩いている。

「宮女には下がってもらってもいいかしら」

顔を覗《のぞ》きこんでそう言うから「わかったわ」と返し、夏雲を連れてきた宮女を部屋から下がらせた。

夏雲の視線が平季に留まる。万姫は「見てのとおり、爪を塗らせているの。平季のことなら気にしないで」と微笑《ほほえ》んでみせた。

夏雲は、一瞬、眉間にしわを寄せたけれど、万姫の意見を吞《の》み込んだようである。

「これを返しにきたの」

と、夏雲は万姫の傍らの小さな几《つくえ》に、お手製のものらしい簡素で飾り気のない小さな針刺しを置いた。針刺しには一本だけ、針が刺さっている。

——そう。やっぱり、あなただったの。

土壇場で縫い針を引き抜いて、なにごともなかった顔をして、最終的にどうやってか

――佩芳帝の気持ちを我が物とした。

「万姫さまの針でしょう？」

ほのめかしたりしないで、直に対決にきたのかと驚く。こんなの「はい」なんて言うわけがない。肯定したら、罪に問われる。なのにどうして直接、問いただしにきたのだろう。

――断罪するつもり？

万姫の身体《からだ》がぴくっと震え――跪《ひざまず》いていた平季が細筆を止め「娘娘」と小声でつぶやき、手を握りしめた。

「どうかしら。あなたのものじゃない？　針なんてどれも同じでしょう？」

しれっとした顔を取り繕って言い返す。

「いいえ。私の針には針がしらに、全部、色がついているの。特注品だから。近くでじっくり見ないと気づけない程度の彩色だけれど……」

万姫は愕然《がくぜん》として目を閉じる。

すべてはここまで。これ以上はもう無理。

「わたくしのではございません、と言いたいところだけれど……あなたに言い逃れは無理ね」

そうなのだ。

夏雲のほうが思いきりがいい。刺繍をしていて伝わってきたものがあった。会話のはしばしで零《こぼ》れ落ちてくる気性。丁寧な針と糸の使い方と、描かれる大胆な構図。やるときは、やれる女だ。

一方、万姫は、物語に出てくる甘ったるいお嬢さまそのままだ。

この年になるまで悪巧みをしたことがない。する必要なんてなかったのだ。

苑国の、地位のある家の娘で、裕福な暮らしをしてきた自分が思いつく「悪巧み」なんて、物語や芝居で見たものがすべて。龍袍に針を残したのも、かつて見た芝居の「妃嬪《ひひん》争い」を真似たものだ。芝居のなかではちゃんと針が龍袍に残って、手にした皇帝が激怒していた。そして龍袍を運んだ妃嬪が蹴落とされ、皇后選びから離脱していた。

悪事の才覚がないから独創的なことを思いつけなかったし、現実は物語みたいに進まなかった。

——夏雲さまは、わたくしとは違う。

一緒に刺繍をしているときは話しやすい気さくな同年代の女性と見せかけてこちらを安心させ——万が一に備えて、自分の針の針がしらに着色していたとか、あまりにも用意周到がすぎる。

「それで、あなたはどうなさるおつもり？」

万姫が尋ねる。

「別にどうってことはない。なかったことにしましょう」

「なかったことに？」

夏雲は、万姫のように土壇場で手を震わせたり、青ざめたりしないのだ。

夏雲ときたら佩芳帝の御前でかたくなに「すべては万姫がやったこと」と主張していた。

夏雲の堂々とした態度は目を見張るものだった。

いつ自分の計画が見破られたのか、万姫にはさっぱりわからなかったが、肝が冷え、動揺して震えを抑えることができないでいたあの日の自分は惨めだった。

一方、夏雲はずっと堂々として、澄んだ目をして、平然とした態度で——まさしく颯爽として魅力的な悪女であった。

——わたくしと彼女では役者が違う。

「ひとつだけ教えてちょうだい。夏雲さまは、この針、どうやって隠して持ち帰ったんですの？　あの場にはたくさんの人がいたわ。針を見つけて、抜いたとしても——あなたにはなんの画策もできなかったはずよ。ずっと見ていたけれど、あなたはおかしなそぶりはまったくしていなかったもの」

「まあいろいろあって、こう……胸に刺して？」

「胸に刺した？　そんな馬鹿なこと」

万姫のうなじに鳥肌がたった。その場で咄嗟《とっさ》に平然と自らの肌に、一旦、針を刺して隠し、佩芳帝と直談判《じかだんぱん》をしたというのか。

彼女と同じことを万姫は即時に判断し、なし得ただろうかと考える。

——無理ね。

負けた。

もう完璧に負けた。敗北を認めよう。そもそも、万姫に策略は不向きだ。

万姫が後宮に来るまでのあいだにやり遂げた悪事は、たった半日の家出だけ。しかもそのとき守ってくれた従者をすぐに好きになってしまうような、そんな女なのだ。自分は。

「やっぱり夏雲さまは、かっこういいわよ……」

「かっこう……いい？」

夏雲が解《げ》せぬという顔で首をわずかに傾けた。悪女のかっこうよさを彼女はまったく欲しがらない。それはきっと彼女はとっくに「それ」を手に入れているからだ。人というのは、自分にないものに憧れる。

万姫は平季に「手を離して」と声をかける。そして椅子から立ち上がり、夏雲に拱手《きょうしゅ》する。

「苑国を照らす輝く太陽であらせられる佩芳帝の衣装係の任に就かれましたこと、お喜び申し上げます」

夏雲は生真面目な顔で「ありがとう存じます」と拱手を返した。

「わたくし、諦めがつきました。悪女の評判の高い夏雲さまには皇后争いで勝てる気がしません」

「え……？」

「あなたが、そのまま、かっこういい悪女でいらっしゃる限り、わたくし、あなたの傘下につきますわ。勝てる気がしないし、勝つ必要がないんですもの」

投げやりとも聞こえる言い方だったが、本心だった。

平季が咎《とが》める顔をして万姫を見た。

――一回は、試してみたのよ。悪女のやりかた。それでいいじゃない。平季の重たい期待なんて知らないわよ。

万姫は平季のまなざしを受け止め、微笑む。

――皇后には夏雲さまになってもらう。彼女なら佩芳帝を引き立ててくれるでしょう。群王がなにをしかけてこようと、きっと気づいて、はねのけてくれるでしょう。

だって彼女は、正真正銘の悪女のふるまいを知っている。

万姫は、几に置いてある本と書簡を手に取って夏雲に押しつける。

「あなたにこの本と書簡をお預けしますわ。群王さまが送り届けてきたものです。魅音《ミオン》さまと麗霞《リーシャ》さまにも似たようなものが届いているかと思います」

これだけを見ても群王がなにをしているかの証拠にはならない。

ならないけれど——彼の書簡と本がこの後宮に悪女というものをもたらしたことは、たしかだった。遠くから後宮の妃嬪たちの気持ちを波打たせ、彼はなにかを企《たくら》んでいる。

「わたくし、お優しい陛下を支えてくださる相手は、夏雲さまが適任だと思います。わたくしでは、だめ。他の妃嬪の裏をかいて、本気で追い落とせる強い女の夏雲さまのほうが、佩芳帝のお役に立ちますわ。ですから、わたくしの初恋の方をどうぞ支えてくださいませね。わたくしは、陛下のことはもう忘れて、二度目の恋に殉じてこの後を過ごします」

「二度目の恋……？」

「そのことについては、また、おいおい。あなたが皇后になって、わたくしの寝首をかかないと信頼できる日がきたらお伝えするわ。まずは、皇后になってくださいませ。応援するわ!!」

万姫の言葉を夏雲は最後まで「解せぬ」という顔で聞いていたのだった。

5

春を追いやって、夏がはじまった。

早朝の乾清宮《けんせいきゅう》――佩芳《ベイファン》帝の私室である。

佩芳帝は朝まで執務をしてから、着替えるためだけに私室に戻る。別になにを着ていようがかまわないといえばかまわなかったが、自分が任命した衣装係に会いたかったので。

――少しでも会える時間が欲しくて夏雲《シャーイン》を衣装係に任命したが、適職であった。

任命された夏雲は、毎日、乾清宮におもむき佩芳帝の衣装を選んでくれる。ほつれたものは繕うし、新しく自分で刺繍した帯をいくつか運んできた。上衣についてはいま吟味に吟味を重ね、鋭意制作中とのことだ。

――早く彼女が作った上衣を見せてもらいたいものだ。

手間暇をかけて作ってくれるのが嬉《うれ》しいというのとは別に、単に、佩芳帝は彼女の刺繍が好きなのだ。色使いも好みだし、楽しんで作っているのが作品から伝わってくる。小さくて綺麗《きれい》な輝く石を編み込んでいたりと、発想もおもしろい。帯でこうなのだから、上衣になるともっと手がこんだものができあがってくるに違いない。

「夏雲、参りました」

入室した夏雲がかしこまって挨拶をする。

佩芳帝は笑みを浮かべ、

「おはよう。花のない薔薇《ばら》」

と言葉を返した。

今日の夏雲は少しくすんだ紫の襦裙《じゅくん》に裾や袖や襟に三叶草《クローバー》を刺繍《ししゅう》している。佩芳帝は彼女に似合うのは柑子《こうじ》色だと思っていたが、こうしてみると紫もなかなかだ。

「その言い方は……」

夏雲の眉間にしわが寄る。

「嫌なのか？　でも仕方ないよ。あなたは私にとっては薔薇の花だ。私の薔薇は、皇后争いで万姫《ワンチエン》を押しのけたんだね。万姫が〝夏雲に悪いので〟と私の誘いを断った。あなたは、なにをしでかした？」

「特になにもしてないです」

夏雲が不思議そうに首を傾《かし》げている。

その胸もとはふわりと柔らかく膨らんでいる。今日は、胸は移動はしていない。あまりしげしげ見てはならないし、別に詰め物なんてなくてもいいのにと思うが――言ってはならないことというのはあるものだ。そのときが来たら、心を尽くして「そのままでい。そのままが素晴らしい。そのままで可愛《かわい》い。そのままが美しい」と全力で伝えるつもりでいるけれど、それはいまではないのであった。

「……三叶草も可愛いけれど、薔薇の花を刺繍したらいい。きっとあなたに似合う」

近づいて、ほわりと彼女の身体《からだ》を抱きよせると、腕のなかで小さく息を呑《の》む気配が伝わった。抱きしめたまま、静かに彼女の様子を観察する。耳とうなじがぽわっと桃色に染まっている。とんとんと柔らかく背中を撫《な》でると、桃色の肌がさらに上気し、ゆっくりと真っ赤に染まっていって――夏雲は慌てて両手で耳を押さえた。

照れると耳が赤くなることをとうとう自覚したのかと思う。そして恥じらってその耳を隠すって。

――なんだこの可愛い生き物。

「放してください。仕事ができません」

「うん」

素直に腕をほどくと、夏雲は頬を赤らめながらもむっとした顔つきのまま簞笥《たんす》の前に移動する。懐から白い絹の手袋を取りだし両手にはめる。佩芳帝の衣装を傷めないようにという配慮らしい。

簞笥のなかにあるのは、どれもこれも上質の絹でぴかぴかきらきらして黄に赤に黒に金に銀。龍に鳳凰《ほうおう》に彩雲にとりどりの花と吉祥図。

夏雲は巨大な簞笥から佩芳帝の衣装を取りだし、吟味しはじめる。どうやら、なにが佩芳帝に似合うのかを考えるのは彼女にとって楽しい仕事のようである。

佩芳帝は椅子に座り、あれこれと衣装を手にとっては、またもとに戻す夏雲の様子を微《ほほ》笑《え》んで見つめている。

上衣を一枚手に取って、夏雲が笑った。

——あ。

柔和に細められた目に、口角が上がった口元。赤子の笑顔みたいな無邪気な喜びと、無《む》垢《く》な者しか放つことのできない清冽《せいれつ》な色香。硬い蕾《つぼみ》の内側に隠された美しい花びらが透けて見えるようなその笑顔に佩芳帝の目は釘付《くぎづ》けだ。

本人は気づいているのだろうか。自分の笑顔がどれほど魅力的かを。それまでずっと引き結ばれていた口元と、かっちりとした顔の輪郭が、ふいに崩れ、やわらかく溶ける様子がどれだけ愛らしいかを自覚しているのだろうか。

けれど次の瞬間、夏雲の眉がつり上がった。

夏雲は吊《つる》された衣装のひとつをしきりに撫でてから、長布を懐から引き抜き、自分の鼻と口を覆って後頭部で縛る。それから手早く衣装を箪笥から取りだし、振り返ると佩芳帝に問いかけた。

「これはどなたが持ち込んだものなのですか。昨日まではございませんでした」

皇帝しか身につけてはならない禁色の黄色の上衣である。刺繡は龍で、襟元が華やかで輝くような黄色が目にまぶしい。これをいつ誰が持ち込んだのかと問われても答えられない。記憶にない。

「さて。あなたではないのなら、宦官《かんがん》の誰かがここに持ち込んだものだろう」

近くで見ないとわからないからと、立ち上がって手に取ろうとしたら、すごい勢いでぴしゃりとはねのけられた。

「触らないでください。これは毒のある顔料で絵を描かれたもの。この鮮やかな色は、普通の染料で出せるものではございません。擦《こす》るとすぐに落ちるように、あえて雑な仕上げをされています。この衣装だけではなくまわりの衣装にも粉がついている」

これは石黄です——と険しい顔で夏雲が続ける。

「石黄は湖南省《こなんしょう》の石から取れる顔料です。陛下、お口元を袖で覆ってください。粉がまだ飛んでいるかもしれません。いままでに、お着替えのときに、肌が爛《ただ》れたりはしておられませんか。石黄に触れると、肌が腫れあがり皮が捲《めく》れます。そして、石黄の粉を吸い込んだら息が苦しくなり、場合によっては死に至る」

湖南省――。

「死に至る……？　待て。そんなものをあなたに持たせるわけにはいかな……」

いかないと取り上げようとしたら、夏雲が容赦なく佩芳帝に足払いを仕掛けてきた。咄《とっ》嗟《さ》に後ろに飛びすさって逃れ「なんてことをするんだ」と呆《あき》れて見つめる。

それはそれとして、夏雲の身のこなしの見事さに舌を巻く。女性は身体が軽いゆえ、重量感はないのだが、速さと狙い所は素晴らしい。なみの男なら避けることもできず転倒していたに違いない。

「私が持たないで誰が持つんですか。私は陛下の衣装係なのですよっ。こんな危ないものを陛下の側に置くわけには参りません」

夏雲はいきり立った獣みたいな目で佩芳帝を睨《にら》みつけてそう言った。

夏の光に似たまぶしくて、鋭いまなざし。

「陛下――あなたはいままで、何度、殺されかけているのですか？」

小声で問われた。

はぐらかしてはならない質問だとわかったから、真実を答える。

「……かぞえきれないくらい。でも、まだ生きている」

まだ、生きている。

そうしたら「なんですかその答え」と、夏雲がさらに目をつり上げた。

「毒に怯《おび》えて塩の入らない無味のお茶を飲んで、強くて賢くても弱くて愚かなふりをして生きのびて――それで大人になっても、気が休まるひまなんてない。後宮の庭に蝮《まむし》が放たれて、衣装に毒を仕掛けられ、なんでやり返さないんです!?　昔はいざ知らず、いまのあなたは自分を害する相手を捕えることができる」

「できないよ。なにかをやり返すのは私の戦い方ではないんだ」

「だったら私が！　あなたのかわりにやり返します!!　だって私はあなたの衣装係ですから」

爆発するみたいな言い方だった。

だから佩芳帝は無言になった。黙ってしまったのは、答えられなかったからじゃない。怒っている夏雲があまりに活《い》き活きして綺麗だったから、見とれただけだ。

――そうだった。夏雲はこんな顔もする。

幸せな愛らしい笑顔を見せるだけではない、強い女。

「衣装係として私はこの事件を調べさせていただきたく思います。陛下、ご許可を」

まっすぐにこちらを見据え、鋭く告げた。

──衣装係はそんな物騒な係ではないのだが？

それでも──。

「……わかった。許可を与えよう」

佩芳帝はそう応じた。

佩芳帝の返事に夏雲が美しい所作で跪《ひざまず》いて礼をした。

※

夏雲が、衣装係のつとめとして石黄の上衣を見付けた翌日である。

後宮のなかは表向き、波風もたたず平穏なままであった。

蝮が放たれようが、悪女が生まれようが、龍袍《りゅうほう》に針が残っていようが、その針を抜き去った結果、夏雲が衣装係に拝命されようが、皇帝の箪笥のなかの衣装のひとつが毒のある顔料で雑に作られたものであろうが──とにかく平穏なのであった。

というか──夏雲は佩芳帝に頼み込み、本物の犯人を炙《あぶ》りだすために、平穏なままにしてもらっていた。

石黄の顔料の上衣は簞笥から抜き取り、厳重に梱包《こんぽう》したうえで証拠の品として襲芳宮《しゅうほうきゅう》に置いてある。取り扱い注意と宮女たちに言いつけて、守ってもらっている。本当ならば後宮廷尉に差しだすべきだが、いつのまにか証拠の品が消えてしまうことを怖《おそ》れたのだ。

佩芳帝いわく「たまにそんなこともある」というのが後宮らしいので。

「たまにそんなこともある、じゃないのよ。でもまだ生きている、じゃないのよ」

苑国《えんこく》の後宮に来てから夏雲のまわりで起きたさまざまな事象がここにきてひとつの形に結びつく。

「一匹の蝮ならまだしも十四以上いるならそれは誰かが放ったもの」

妃嬪《ひひん》の争いで放たれたものだと思っていた。でも蝮は佩芳帝の庭にも放たれたのだ。妃嬪だけを相手にしたものじゃない。

そして、蛇はどこにでも移動するものだからこそ、あんなに大量にすべての宮に放つには、たくさんの人の手が必要だ。

——宦官なのよ。あれができるのは宦官しかいないのよ。

そしてこの後宮で、いま、宦官たちを自在にあやつれるのは皇太后だけなのである。

調べてみたが、大量の蝮を買いつけた記録はどこにもなかった。鶏も、羊も、商人からの買い付けの記録が残っていたし窓口になった人間の署名があったのに。

現状、後宮の権力を握っているのは皇太后。

皇太后ならば、さまざまな記録を握りつぶしてなかったことにできる。

「彼女だけじゃない。大きなことを仕掛けるために、後宮に悪女という概念を植え付けたのは、湖南省の群王《ぐんおう》さまからの書簡だわ。ご丁寧に悪女としてのふるまいが描かれた本と同梱《どうこん》して」

物語に感化されて「お嬢様育ち」の苑国の妃嬪たちは、夏雲という異国から嫁いだ女のなかに勝手に「悪女」を見出《みいだ》した。ふるまいが目立つ夏雲を「悪女だ」と指をさして、そしることで、溜飲《りゅういん》を下げていた部分もあったのだろう。

夏雲が悪女で、自分は物語の主人公の善女で——だったら夏雲にはいつか天誅《てんちゅう》が下ると思えば、龍床に呼ばれないことで砕かれた自尊心も慰められたのかもしれない。

「そして最後に石黄の衣装。私が衣装係になったからなのか——もともとそういう計画があったのかはわからないけど——いまの後宮のぎすぎすとした雰囲気をうまく利用してくれた」

毒の衣装を宦官に命じて簞笥《たんす》に入れる。

たまたま自分が衣装全般に興味があって、さまざまなことを追究していたからわかっただけで——石黄が毒になるという知識を持っていなかったらどうなっていたのかとぞっとする。

うっかり簞笥の中身を見過ごして放置していたら、佩芳帝が死んでしまうところであった。

そして、なにが原因で佩芳帝が死に至ったかが不明のまま——石黄の色を使った上衣はどこかに消え失《う》せる。

——完全犯罪ってやつよね。

「もちろん衣装はそのまま残ってしまってもかまわないんだわ。だってそのときは私という衣装係のせいにしてもいいんだもの」

佩芳帝の龍床を断り、蝮騒動、さらにそこから続く一連の出来事。

夏雲を糾弾して引きずり落とせる土台はしっかりとできあがっていた。

凶器は衣装。だとすると、犯人は衣装係の夏雲で決定だ。たとえ「違う」と言い張っても、誰も夏雲の言い分を聞いてくれはしないだろう。夏雲は冷宮送りの後に死罪で、對国《たいこく》と結ばれた国交も、断絶だ。

衣装係の責任、半端ない。

——そうしたら、佩芳帝と、彼が愛したらしい悪女が、一気に後宮からいなくなるって筋書きで。そんなことになったら、私、本物の悪女として後世に名が残ったわ。

「冗談じゃないわよ。そんなの絶対に嫌」

夏雲はぎゅっと拳を握りしめ、つぶやいた。

小粒で愚かな悪女伝説も嫌だが、本気の悪女伝説も勘弁してもらいたい。

汚名返上。名誉挽回《ばんかい》。

勝手に着せられた悪女の濡れ衣《ぬれぎぬ》は、夏雲の手で引き剥がすしかない。

だから夏雲は、力尽くで犯人を仕留めることに決めたのであった。

今日は、朝から、ずっと雨が降っていた。

雨は細い糸となって地表や屋根の瓦を優しく縫いつけている。雨音だけが周囲を満たし、視界に薄い膜が張りつけられ、景色のすべてが淡くけぶっていた。

道を歩く人も少なく、籠も車も通りかからない。

無人の道を、夏雲は佩芳帝が書いた通行証と厳重に梱包した縦長の箱を小脇に抱え歩いていく。筒袖胡服《こふく》の簡素な服装で、手袋をはめ、顔の下半分を長布で覆い隠している。傘も持たず、背筋をのばしてすたすたと進む。その横に並ぶのは、同じく筒袖胡服姿で、手袋に、長布で鼻と口元を覆い、槍《やり》を手にした青蝶《あげは》である。さらに背後に続くのは、同じく顔を覆い手袋をはめ、おのおのが傘を手にした後宮廷尉をつとめる宦官《かんがん》たちであった。

行列が辿《たど》りついたのは景仁宮《けいじんきゅう》。

門の手前で片手を掲げ、振る。廷尉の列が三つに分かれる。二列が、景仁宮の塀に沿って左右に散った。万が一にでも宮の外に逃げ出す者がいないように、周囲を取り囲んだのである。残った廷尉の列は夏雲の背後で次の指示を待っている。

門を叩《たた》くと、雨のなかを門番が外に出てきて、いぶかしげに夏雲の顔を見返した。門番はゆっくり夏雲の背後を見回し、列の後ろに廷尉の顔を見つけたのか、狼狽《うろた》えたそぶりで夏雲を押しとどめる形で両手を掲げ大声をあげた。

「なにしにきたんだ。皇太后さまは、事前のお約束がない相手にはお会いなさらないよ。そう言われている。会いたいならちゃんと約束を取り付けてから出直してくれ」

「陛下の許可をもらっております。皇太后さまに無礼を働くつもりはございません。ですが私も陛下の衣装係として、たしかめねばならないことがあるのです」

「衣装係にそんな権限はないだろう」

小馬鹿にしたように返されて、青蝶が槍の柄を回して門番に足払いをかける。門番は膝から崩れ落ち、後ろ向きに倒れかけた。すかさず夏雲はその背後にまわり、片手で宦官を抱きかかえる。

「うちの宮女は、気が短いのです。怒らせないでやってください。痛い目にはあいたくないでしょう？」

——こんなの凶漢のやり口だけど。

至近距離で顔を覗《のぞ》き込み温和に告げる。門番は、目を白黒させて、夏雲を見返していた。

青蝶の勢いと、雨の滴に濡れて光る槍の穂先に、抵抗する気をなくしたようだ。

夏雲が門番を「説得」しているあいだに青蝶が閉じた門を引き開ける。鍵はかかっていなかった。

「娘娘《ニャンニャン》」

呼びかけられて、夏雲は門番の身体《からだ》から手を離し、門をくぐった。廷尉たちは無言で夏雲の後ろをぞろぞろとついてくる。

雨の滴に濡れながら足を進める。前門を抜けると、もうひとつの門。そこを抜けると庭があり、回廊を渡って北に向かう。

ちらりと後ろを振り返る。回廊の床に濡れた足跡が続いている。廷尉たちは傘を畳み、無言で夏雲の後を追う。

夏雲が目指しているのは後罩房《こうとうぼう》だ。後罩房は屋敷《やしき》の北にある、宮女たちが使用する部屋である。

「……あなたたちは、いったい。なにごとですか⁉」

　回廊を通りかかった宮女が夏雲たちに驚いて、叫ぶ。年老いた宮女だ。夏雲は彼女の手にさっと視線を走らせる。彼女の指が赤く捲《めく》れているのを目に留め、その手首をつかまえ、引き寄せた。

「この手は、どうしたの？」

「え……あの……わかりません。いつのまにか、こうなって」

　宮女の目がうろうろと泳いだ。本当にどうして皮膚が爛《ただ》れたのかをわかっていないようである。

「なにに触れたのか——どうしてこうなったかは後で聞くわ。——連れていって治療をさせて」

　最後の言葉は背後の廷尉に向けたものだ。廷尉が走り出て、彼女をとらえた。

「なんで……。なんでですか。私はなにもしていないっ」

　宮女が動転し叫びだす。「治療をする」と廷尉が答えているが、信じられないのだろう。なにせ相手は、後宮で司法と刑罰を担当する廷尉である。取り調べをする暴室に連れ込まれ、なんからの処罰を与えられるのだろうかと怯《おび》えるのも仕方ない。

宮女は連れていかれまいと必死で抵抗し、しまいに泣き声をあげた。

「なんでこんなことに。ちくしょう。この宮は呪われてるんだ。みんな倒れて、いなくなっちまって。禄《ろく》ははずむからって言われても、こんなところに来るんじゃなかったよ。助けてくれよ。私はなんにもしてないんだ。本当だ」

廷尉はとうとう無理に彼女を引きずっていく。「なにもしてないんだ。なんで」という泣き言と悲鳴の声が遠ざかる。

騒ぎを聞きつけ、房の扉が開く。ばたばたと宦官や宮女たちが表に飛び出てくる。

「いったいどうしたんですか」

と問われる度に、夏雲は、佩芳帝に渡された許可証を掲げ「衣装係として、あらためなくてはならないことがあるのです」と返事をする。そのついでに相手の手や首や顔の肌を見る。健康であることが確認できると、許可証を掲げて、先に進む。

次々に出てくる宦官と宮女たちを退けさせているのは許可証の威力ではなく、あきらかに青蝶の槍であった。

問い詰めようとする者には、青蝶が穂先を閃《ひらめ》かせ「散れ、散れ」と大声をあげる。青蝶は妙に活《い》き活きとしていて、にこやかなのが、夏雲からしても、正直、怖い。ぶんぶん振り回す槍の勢いがすさまじく、味方であるはずの廷尉の宦官たちも青蝶の勢いに引いていた。

昼だというのに回廊の奥は光が差さず、薄暗い。空気はしけって、重たく淀《よど》んでいた。

こつこつと足早に進み、角を曲がった先――。

「……夏雲。誰の許可を得て景仁宮に足を踏み入れた。わらわはあなたを招待した覚えはないよ」

とうとう皇太后が姿を現した。

宦官たちを引き連れて、回廊の真ん中で行く手を阻むように立ちはだかる。

高く結い上げた髪を飾るのは金と珊瑚《さんご》の簪《かんざし》であった。落ち着いた紫の襦裙《じゅくん》に柔らかい生成りの領巾《ひれ》。色をまとった彼女の背後には淡い闇が広がり、まるで影を従えて立っているようだった。

「陛下の許可はいただいております。衣装係としてあらためなくてはならないことがあるのです。陛下の箪笥《たんす》に入っていた上衣に不備がございました。皇帝のみに許される禁色の黄色の上衣です」

夏雲は皇太后の近くに歩み寄りながら、静かに告げた。

「それがなに？　わらわには関係のない話だ。わらわのものも、陛下のものも、衣装装束はすべて少府がまかなっている。いや……〝まかなっていた〟が正しいか。新たに衣装の差配をすることになったのは、おまえじゃないか。不備はすべておまえの責任。なぜ、わらわの宮を調べる必要がある？」

皇太后が居丈高に応じる。

想定内の反応だ。

「少府にはもう問い合わせました。少府はそのようなものを作った記憶も記録もない、と。ましてや陛下の箪笥に仕込んだ記憶も記録もないと、返事がありました」

「ならばそういうことなのだろう。陛下の私室に近づけるものは限られている。宦官か、おまえ。どちらかだ。わらわとは無関係。去れ」

薄笑いを頰に張り付かせ、犬を追い払う仕草で、手を振った。

「関係ないのでしょうか。本当に？」

――宦官はあなたの手足。命じられたら、どこにでも潜り込む。

夏雲は皇太后に真っ向から対峙《たいじ》して、ここまでずっと抱えていた長めの箱を掲げて見せる。

「このなかにあるのが、その、陛下の箪笥で見つかった禁色の黄色の上衣でございます。染めも荒く、顔料を直《じか》に塗った粗末な品。どのような品物かを、ぜひ、皇太后さまにもその目で見ていただきたく思います」

回廊に響き渡るよう大きな声で告げる。

「……見る必要などないっ」

皇太后が顔をそむけた。

夏雲は箱の蓋をはずし、なかから上衣を摑《つか》んで取りだし、大きく広げる。

暗い回廊にまがい物の日が差したかと見えた。

鮮やかだが奥行きのない浅い黄色は、染めたのではなく、白絹に無理やり顔料を塗りつけたものだからである。

袖に手を入れ、風を通すようにはためかせると、描かれていた黄色がぱらぱらと剝がれて落ちてくる。

「このような不備な上衣なのです」

夏雲はそれを皇太后の顔のすぐ目の前に突きつけようとした。

が――。

「やめよっ」

皇太后が鋭い声で命じ、夏雲が掲げた上衣から逃げだした。顔を腕でかばい「やめよ、やめよ。わらわはそのようなものは知らぬ」と金切り声をあげ背を向ける。

「見てください。見てもらわないと、わからない。見覚えがあるんじゃないですか。ほら、そこの宦官のあなたも——！　そっちのあなたも!!」

ぶんぶんと上衣をふりまわし、逃げ惑う皇太后を追いかける。

「やめよと言うておる」

皇太后が袖で顔を覆い、側にいる宦官を盾にするようにして、夏雲に押しつけた。

宦官はなにが起きているのか理解できていないようで、目を瞬かせて夏雲がかざす上衣の裾になぶられている。夏雲は宦官を押しのけて、なおも皇太后を追いかける。皇太后は次から次へと、手近にいる宦官と宮女の陰に隠れようとする。

宦官たちも宮女たちもおろおろして、夏雲が振りまわす上衣を顔や腕で受け止めている。

——そういうことだ。

やっぱり、と夏雲は確信する。

皇太后は、石黄が毒であることをちゃんと知っていたのだ、と。

石黄は湖南省でのみ取れる特殊な石である。金色とも黄色とも見える石は山奥の河原に埋まっている。掘り起こして、乳鉢で細かく砕くと目に鮮やかな山吹色の粉になる。赤みがかった黄色は他では得られない美しさで、見つかった当初は絵の具に化粧品、布の染め粉としてあちこちで使用されていたらしい。

石黄という石に触れれば皮膚が爛れ、砕いた粉を吸い込めば呼吸困難に陥り、長く吸い続けると意識が混濁し死に至るというのがわかったのは、石黄が発見されてからかなり経《た》ってからのこと。染料開発者たちが次々死に至り、調査されて毒であることに気づいたのだとも染め物に詳しい叔母が夏雲に教えてくれた。

とはいえ鮮やかな黄色は、苑国では皇帝しか着用を許されない色だ。そのため、一般庶民が石黄に触れることはなく、その特質も巷《ちまた》には知られていない。

もともとが庶民の出の宮女や宦官《かんがん》たちは、石黄から作られる「黄色」が毒とは知らないのだ。知らないまま、石黄の加工を命じられ、毒に皮膚を焼かれ、毒を吸い込んだ。

皇太后は怯え、夏雲が振り回す上衣に触れないように逃げ惑う。

突然はじまった夏雲と皇太后との追いかけっこに、宦官たちも宮女たちも呆気《あっけ》にとられて、固まっている。

——皇太后こそが、後宮の悪女。

本気の追いかけっこならどう考えたって夏雲の勝ちだ。後宮の奥で悪巧みを練るだけで、すべての力仕事を宦官や宮女に命じてすませていた人間に、夏雲が負けるはずがない。苑国に来るまで毎日、馬に乗り草原を駆け、兄たちと槍《やり》や剣を交わして鍛錬に励んでいた。後宮に来てからも、鎌を手にして蝮《まむし》を仕留めて草を刈り、投げ込まれた鶏や羊を無事に受け取るための手続きに広い後宮を奔走し、最近は毎朝、乾清宮まで衣装の準備に通勤し

——。

夏雲は宦官を押しのけて、皇太后の腕を摑まえる。

ひっと悲鳴をあげた皇太后の頭に黄色の上衣をふわりとかぶせる。

上衣をはねのけようと手足をばたばたと動かして暴れる皇太后を上衣でくるんで押さえつけ——。

「大丈夫ですよ。この衣装は、偽物です。石黄の上衣を模して作ったまがい物。毒じゃない」

皇太后にそっと言う。

手にして、広げて、ふりまわして——宦官や宮女たちの肌に触れさせることができたのはこれが偽物の石黄の上衣だからである。毒のある衣装が凶器だからこそ、それを模した衣装は犯人を炙《あぶ》りだす罠《わな》にできた。これが凶器になり得ると知っている者は逃げ惑う。しかし知らない者は平気で上衣に触れることができるし、撫《な》でつけられても怖がりはしないのだ。

夏雲の言葉を聞き、その腕のなかの皇太后の身体《からだ》がくたりと柔らかくなった。

「お……まえは、わらわを謀ったのか」

「はい」

「そうか。ならばおまえは、わらわの見込んだとおりの女だった。おまえとわらわはおんなじだ。きっとおまえが皇后になるのだろう。他の妃嬪《ひひん》では弱すぎる」

上衣にくるまれた皇太后がどんな顔をしているのかは夏雲には見えない。

「私は、皇后になりたいわけじゃない」

わずかな沈黙のあと、皇太后の肩がわずかに揺れた。

「だとしても——いつだって一番強い女が皇后になる。おまえもいずれ——わらわになるよ。自分の子を守るために。かわいそうに。茨の道だ」

夏雲にだけ聞こえるような小さな声で、皇太后は呪いを唱えるようにそうささやいた。

廷尉が夏雲と皇太后をぐるりと取り囲む。

夏雲はかぶせた上衣ごと、皇太后を廷尉たちに押しだした。

途端に、黄色の上衣が皇太后の頭からずるりと剝がれ、床に落ちた。露《あら》わになった皇太后の頭髪は乱れ、簪もずれて、無残なものだ。それでも彼女は背筋をのばし、しゃんとして立ち、あたりを見回した。

「わらわは皇太后である。皇族につらなるわらわをあらため、罰することのできるのは宗正の役職のもののみ、そなたら廷尉ごときがわらわの手に縄をかけるなど言語道断」

たしかに、そうなのだ。皇族の罪を問うのは廷尉ではなく宗正の管轄。そこを突かれると、痛い。

縄のいましめをはねのけ、皇太后はあたりに響く大声で言う。

「ただし、そなたらが上の者に命じられれば動かざるを得ないことはわかっている。わらわを連れていきなさい。逃げはしない。わらわはすべてを宗正に委ねる」

さあ、行こうと、皇太后は胸を張った。

そして、皇太后は去って行く間際、一度だけ夏雲を振り返った。

皇太后は笑っていた。

侮蔑でもなく、苦笑でもなく——自愛に満ちたまなざしを夏雲に向け微笑《ほほえ》んでいた。その唇が、音を発さず、静かに動いた。夏雲には彼女の唇の動きが読み取れる。さっき言われたあの言葉だと、わかってしまう。

——おまえとわらわはおんなじだ。

夏雲は、同じでたまるかと、ひとつ瞬きをし、廷尉に引きずられていった皇太后に背を向けた。欠片《かけら》も似ていないし、似る未来も予想できない。

——私はあなたとは別な道をいく。

「残った者は、私と一緒に後罩房に。おそらく石黄の顔料は後罩房で宮女が保管しているはずです。それも証拠品となります。もし見付けても直に手を触れず、粉を吸い込まないように気をつけて。石の塊があるようだったらそれにも触れないで、私を呼んで」

「はっ」

夏雲は残った廷尉たちを引き連れて、背筋を正して後罩房へと回廊を歩いていった。

それでどうなったかというと――石黄の粉と石が景仁宮の後罩房で見つかって押収された。

顔料も石も、石黄を使用した上衣ともども厳重に梱包《こんぽう》し、鍵つきの蔵の奥底に押し込んだ。毒だということをみんなに伝えたから、宦官も宮女も、以降は不用意に石黄に触れることはないだろう。

「でも、納得がいきません」

すべての決着がついて――物事が落ち着いたということになった後宮の夏の日。

夏雲は、御花園を見下ろして馬に乗り、くつわを並べ、隣を歩く佩芳帝にそう訴えた。

馬は二頭。夏雲と佩芳帝だけ。

まわりには誰もおらず、馬上での会話は他人の耳に入らない。

そういえば佩芳帝は馬にちゃんと乗っている。へっぴり腰ではないのである。もう乗れないふりはやめたのか。玉座についたから無能なふりはやめてもいいと思ったのだろうか。

生ぬるい風が頰をなぶっていく。木陰のない石畳の道。灼熱《しゃくねつ》の日差しがふたりに照りつける。見渡す視界——御花園の向日葵《ひまわり》が陽光に向かってぴかぴかと咲いている。

「納得しておくれ。あなたがどう思っているのかはさておいて、私はこれがちょうどよい落としどころだと思っているよ」

佩芳帝の返事に夏雲は顔をしかめた。

「なんでですか？」

裁判が行われ、皇太后は石黄を使った衣装を佩芳帝の簞笥《たんす》に仕込んだ罪で、冷宮に送られた。

ただし——死罪にはならなかった。

最後の最後まで彼女は「石黄が毒だとは存じませんでした。ただ、陛下に美しいものをお贈りしたかったのです。母としてのつとめです。景仁宮に夏雲が訪れたあのとき、わらわが逃げ惑ったのは、夏雲が上衣を振りまわすさまがあまりにも怖ろしく、乱心を疑ったせいです。だって夏雲は、後宮に名だたる悪女ですから」と、つらつらと胸を張って言い続けた。

廷尉ならば死罪判決を出したかもしれないが、皇族を裁く宗正の役職についた者たちは皇太后の味方であった。

そのため宗正は、彼女の言い分に配慮し「今上皇帝陛下の養母であらせられることを考慮すると、死罪は罪が重すぎる。親を敬うのは子のつとめ。ただし今上帝の御身を危険にさらした罪は問われるべきだ。ゆえをもって、皇太后陛下は死ぬまで冷宮で蟄居《ちっきょ》の身としよう」という判決をくだしたのである。

証拠を見つけて突き出した皇太后ですら「そう」なったのだ。

遠くで所轄をおさめている群王については「ぐ」の字ですら訴状にのぼらなかった。

湖南省の毒の顔料が届いたのにとか、妃嬪たちに丁寧な書簡と娯楽小説が届いたとか——そんなのはなんの証拠にもならない。むしろ言い立てると「疑心暗鬼がすぎる。夏雲さまはお疲れのようだ。少し休んだほうがいい」と労《いたわ》られてしまうていたらく。

「皇太后は、母として、すべきだと信じていたことをしただけだ。愛ゆえだ。そう思うと、私は母上の罪を咎《とが》めることができないんだ」

「なんでですか!?」

同じ問いかけを連呼することを許して欲しい。だってそれしか口から出てこない。

「私は皇太后に育てられた。私の母は、私を産んですぐに亡くなったからね。いま思えばいろいろと複雑な気持ちがあったことだろうと思う。それでもね——皇太后は、私をきち

ん と育ててくださった。あの人は、正しく強い人だった。だから、群王にも私にも分け隔てなく、優しかったんだよ」

佩芳帝が儚《はかな》く笑った。

「むしろあの人は〝実の子だから〟と、群王にはとても厳しかったんだ。いつでも群王は私と比較されてきた。私が優秀であればあるだけ、母上は私を褒めて、群王を叱りつけた。だったら私が不出来になればいいのかと思ったのだけれど――そうなっても母上の群王に対する態度は変わらなかった」

殺されかけているのに、なにを暢気《のんき》なことをと思ったけれど――どうやら佩芳帝というのは「そういう男」であるようだった。

――兄たちが初見で「花みたいに綺麗《きれい》で」とか「弱そうで」とか言って戦いたがらなかったのは、あれはあれで正しかったのよ。

それもまた佩芳帝の一面であり真実だ。

自分が強いことも賢いこともひたすら隠し続けて育って、生きのびて――できるだけ争いを避けて、衝突しないで過ごそうとしてきた男。そう思ったままで玉座についた不思議な皇帝が、佩芳帝なのである。

「それは……あの……うん？」

子育ての失敗とか親子関係みたいなことに謀反とか殺戮《さつりく》とかを混ぜこまないで欲しい。

欲しいのだけれど——後宮にまつわる政治と宮城と後継者問題って、突き詰めると親子関係のもつれや夫婦関係の揉《も》め事《ごと》というところに集約されるのか？

脳内審議が必要だと、夏雲はうつむいて黙り込む。

——でも、なんていうか、そうかも？

すべての事件は愛情のもつれの結果なのかも。愛がなければ人を殺すほど憎むことなんてできないのかも。誰かを守りたいがために誰かを殺すとかそんな話なのかも。

ぐるんぐるんと頭のなかが混乱し回転している。

——そんな馬鹿な納得の仕方ある？

夏雲の戸惑いを気にもとめず、この程度はよくあることと、佩芳帝は、気楽な口調で話を続ける。

「父上——先代陛下は、実に男らしいお方で、後宮の妃嬪たち全員に等しく愛を注いでいらした。私は第一皇子で、私以外にあと十八人の皇子がいた。なのにいま、残っているのは私と群王だけ。皇太后はとても優秀な母で、私と群王を守り続けて育ててくれた。実子と、養い子。ふたりが残って、母上は嬉《うれ》しかったのか、悲しかったのか」

ちらりと見上げる佩芳帝の横顔は、相も変わらず美しい。

腹が立つくらいの美貌であった。

「それに、母上がいなくなると、背後にいる群王の動向がつかみづらくなる。群王を見張るために、母上にはまだ生きて後宮にいてもらいたいのだ」

「……っ⁉」

——待って。この後宮で、一番得体が知れなくて、一番怖いのは陛下じゃないの？

気がいいだけの男ではなく、毒もある。

そりゃあそうか。ただの善人で優しい男が皇帝の地位を授かるわけがない。

「というわけで。衣装係としてのあなたの辣腕をたたえ、あなたに正四品、美人の地位を与えたい」

続いて、佩芳帝がはにかむ笑顔で夏雲を見て、告げた。

どこをとっても「というわけで」ではないのである。話が飛びすぎだ。

美人は才人のひとつ上の位である。全員が才人の地位の後宮の妃嬪のなかで、夏雲がはじめに昇進をはたしたことになる。

「ありがとう、存じます」

また、変なところで息継ぎをしてしまった。突拍子もないことを、突拍子もないところで、さらっと言わないでもらいたい。

「拝命の儀は後で執り行う。でも、あなたがその気になってくれるなら、段階を経なくても一気に皇后の座までのぼりつめてくれてもいいんだよ？　私の腕のなかで、あなたが花を咲かせる様子を見守る準備はできている。今宵《こよい》、私の寝台で薔薇《ばら》の花が咲くかどうかを試してみない？　どう？」

「どうって……」

頬が火照るのが自分でもわかった。

思わず見下ろした胡服《こふく》の胸もとはつるぺったん。

夏雲が胸に肉饅頭《にくまんじゅう》ちゃんを詰めようが、詰めまいが、佩芳帝の態度はまったく変わらない。

それでも夏雲は襦裙《じゅくん》を身につけておしゃれをするときは、やっぱり肉饅頭ちゃんを胸につめ、無駄に見栄《みえ》をはるのだろう。劣等感というのはそんなにたやすく払拭できるものではない。仕方ない。

「ごめんなさい。まだ無理です」

夏雲はそう言って、手綱を引く。

――いろんな意味で、まだ無理よ。

苑国で皇后の地位につくのはきっと茨の道なのだ。

うつむいた夏雲の耳のあたりを佩芳帝が見つめている。絶対に耳が赤くなっている。夏雲の動揺も、好意もこの男にはすべて筒抜けに違いない。いつでも龍床に引きずり込める立場なのに、夏雲の同意を待とうとするのはいっそ意地悪だ。

——無理強いしてくれるなら、流されて、あなたの妻になっちゃうのに。私に選ばせようとする。

「陛下は、性格が悪いですよね」

「当たり前だ。そうじゃなければ苑国の玉座には座れない」

さらっととんでもない返事をして、くすくすと笑う

なりゆきで悪女になってしまった花のない薔薇に、花が咲くのは、まだまだとうぶん先のこと。

馬上のふたりを夏の日が灼《や》いて——御花園の向日葵が夏の風に揺れていた。

富士見L文庫

なりゆき悪女伝《あくじょでん》
縫妃《ぬいひめ》は恋《こい》を繕《つくろ》わない

佐々木禎子《ささきていこ》

2023年12月15日　初版発行

発行者　山下直久
発　行　株式会社 KADOKAWA
〒102-8177　東京都千代田区富士見2-13-3
電話　0570-002-301（ナビダイヤル）

印刷所　株式会社暁印刷
製本所　本間製本株式会社
装丁者　西村弘美

定価はカバーに表示してあります。　◇◇◇

●お問い合わせ
https://www.kadokawa.co.jp/（「お問い合わせ」へお進みください）
※内容によっては、お答えできない場合があります。
※サポートは日本国内のみとさせていただきます。
※Japanese text only

ISBN 978-4-04-075217-4 C0193